La ventana inolvidable

MENCHU GUTIÉRREZ

La ventana inolvidable

Galaxia Gutenberg

FSC
www.fsc.org
MIXTO
Papel procedente de fuentes responsables
FSC® C105485

BARBASTRO
AYUNTAMIENTO

Un jurado compuesto por Marta Sanz, como presidenta, Ignacio Martínez de Pisón, Inés Plana, Manuel Vilas, Luis Sánchez Facerías, Carmen Valcárcel, Edurne Portela y Joan Tarrida concedió a esta obra el 20 de mayo de 2022 el LIII Premio Internacional de Novela «Ciudad de Barbastro», que convoca el Ayuntamiento de Barbastro

Publicado por
Galaxia Gutenberg, S.L.
Av. Diagonal, 361, 2.° 1.ª
08037-Barcelona
info@galaxiagutenberg.com
www.galaxiagutenberg.com

Primera edición: noviembre de 2022

Preimpresión: Maria Garcia
Impresión y encuadernación: Sagrafic
Depósito legal: B 12858-2022
ISBN: 978-84-19392-03-9

Cuando mi familia vendió la antigua casa en la que transcurrió mi infancia, antes de que fuese abandonada para ser finalmente demolida, pedí a mi madre que guardara para mí una de las rejas de las ventanas geminadas de la torre. No creo que se tratase de un fetiche, pienso más bien que la pequeña estructura de hierro era en esencia una máquina del tiempo.

El tamaño de estas ventanas era tan reducido que por ninguna de ellas hubiera podido entrar un ladrón, de modo que las volutas de metal tenían como misión decorarlas y dotar a su interior de un antiguo prestigio.

En la imaginación, una torre despierta el anhelo de ser conquistada. Quizá la costumbre hizo que mis abuelos colocasen aquellas rejas que, de manera inconsciente, convertían el espacio así protegido en un lugar valioso, que debía ser defendido. O quizá continuaban la tradición de los cuentos de hadas o de las leyendas y el prestigio perseguido fuera de naturaleza literaria. Las ventanas de la torre, que tenía también algo de atalaya, llevaban adheridas muchas historias.

De la locura que terminó por adueñarse de Guy de Maupassant recuerdo siempre la figura de ese «otro» que tomaba posesión de su casa cada vez que el escritor se ausentaba de ella. Maupassant lo veía desde la calle, en forma de aterradora sombra, asomado a la ventana de su cuarto. Aquel inquilino negro que no era sino él mismo.

Entiendo bien esa clase de fantasía a la que me abandono por unos instantes y que puedo negar justo antes de que se fije en mi cabeza para siempre, sin posibilidad de retorno. La locura con billete de ida y vuelta a la que viajo a menudo con la poesía, y a la que Maupassant sucumbió definitivamente. También yo sentí muchas veces que mi vida continuaba, desdoblada, en la habitación de la torre de mi cuarto, cuando miraba desde el jardín o la calle hacia sus ventanas. Y a pesar de que la casa desapareció hace muchos años, todavía hoy, mi vida continúa en el interior de la torre, y miro por cada una de las pequeñas ventanas para encontrar un paisaje que fue cambiando dramáticamente a lo largo de los años, primero en vida de mis abuelos, y después de mis padres y de la mía propia.

Puedo, como entonces, mirar hacia el cielo, hacia el horizonte, o hacia abajo, en dirección a los cuatro puntos cardinales del jardín o a un horizonte circular que trazo, yendo de ventana en ventana. Cada ventana tiene adherida una historia también. Una es la mía y otra, totalmente diferente, es la de quien la mira desde lejos y trata de imaginar lo que sucede en su interior.

En las torres de los cuentos y las leyendas viven personas prisioneras que desearían escapar de su encierro, pero esta torre era un dormitorio más de nuestra casa, y a él podía subir y de él podía descender sin que guardián alguno me cerrase el paso. En el interior del cuarto, sin embargo, las ventanas y sus rejas hacían del espacio un permanente laboratorio de sentimientos enfrentados: la torre vigía era celda a la vez; la libertad comunicada por la altura, la idea de dominio, se convertía en encierro a causa de las rejas.

¿Quién podría adivinar lo que sucedía en su interior?

¿Qué vemos cuando miramos en dirección a una ventana? ¿Qué historia o historias reconstruye la visión de una ventana?

Nunca me he repuesto de la pérdida de esa casa, a la que estaba tan unida como a una concha. Como no podía transportar la ventana y todo lo que esta llevaba adherido pensé que la reja tendría el poder de poner en marcha la memoria y despertar el paisaje interior del cuarto que la ventana guardaba; también, el exterior al que interrogaba.

Si esta casa tenía la forma de un cuerpo, cuya cabeza era la torre, y si el tronco y las extremidades eran la primera planta, la segunda y sus balcones, y si tenía órganos vitales, como los intestinos del comedor o el corazón de la cocina, las ventanas eran sus ojos.

Todas las casas tienen un cuerpo –incluso, tumbadas, en una sola planta– y unos ojos que miran con alegría o resignación a una calle, a un pedazo de cielo, a un jardín o a la pared gris de un patio. Sobre todo, los pisos, como enfermos eternamente yacentes, dependen en gran medida de esos ojos para recibir su ración de vida exterior más o menos luminosa, más o menos tranquila, más o menos susceptible de ser interpretada.

T. bucea en los álbumes de fotos, y regresa a la casa de su infancia y a sus ventanas principales, situadas a ambos lados de la puerta, las que daban la bienvenida al visitante y en las que reconoce un aire de familia.

Al pensar en el gran catálogo de formas de la historia de las ventanas, que ve desplegadas en las láminas de los diccionarios antiguos y en los libros de arte, encuentra una gran semejanza entre esos ojos de la arquitectura y el variado catálogo de los ojos humanos.

Los ojos de las ventanas se abren y se cierran, como un diafragma, como una sensible pupila de gato, para abarcar un mayor o menor campo de luz, para buscar el sol o para defenderse de él, para concentrarse en el interior o salir a buscar el paisaje, como nuestros ojos. O quizá, piensa, seamos nosotros los que moldeamos los ojos a imitación de los ojos de las ventanas cuando quedamos prendados de alguna de ellas, de la historia que parece estar dispuesta a contar. Incluso cuando viajamos a gran velocidad en el tren y, desde nuestra ventanilla, percibimos la ventana entreabierta de una casa en el campo.

Si nuestro ojo mantiene la mirada de la ventana, si no intenta esquivarla, no tiene más remedio que parpadear.

Recuerdo los dibujos de ventanas de un libro de arte que había en la casa de mi infancia, y cómo, mientras lo contemplaba con detenimiento, reteniéndolas, como si las volviera a dibujar interiormente, detrás de cada una de ellas imaginaba una escena, el capítulo suelto de una historia siempre incompleta.

Al otro lado de la ventana de arco conopial intuía la presencia de alguien que tañía un instrumento de cuerda, quizá una vihuela. Al otro lado de una ventana de arcos lobulados, una litera repleta de almohadones forrados de seda y, sobre ella, cuerpos entregados al placer.

En un ejercicio de imaginación inverso, también el paisaje enmarcado en esta clase de ventanas cambiaba dependiendo de su forma, y podían mirar a un jardín, a un huerto o a una fábrica.

De todas las formas de las ventanas, las pequeñas ventanas geminadas, destruidas hace tantos años, continúan siendo las más reales, las más resistentes al paso del tiempo, dibujadas a lápiz en un cuaderno también desaparecido; y conservan, intacta, el aura de la fantasía. Pienso que nunca veré más de lo que vi por ellas. El mundo recortado en dos pequeños orificios gemelos, que hablan del sentido de la hermandad más extrema: los dos ojos que crean la perspectiva o que asisten al nacimiento de la luz. La primera vez que abrí los párpados.

–Piensa en una ventana, ¿la ves cerrada o abierta?

–Cerrada. Creo que la veo como elemento central de una ceremonia. Primero está cerrada y luego se abre. Me parece que las ventanas se presentan en sociedad cerradas, al igual que las personas comparecen vestidas en público. La ventana está cerrada, sí, pero enseguida siento la necesidad de abrirla, como si así se consumara su representación y terminara de ser una ventana. Es como la manzana en el frutero que todavía no es una manzana completa, hasta que me la llevo a la boca y la muerdo.

–Entonces, para ti una ventana existe para ser abierta.

–Creo que sí, pero en algún momento tendré que cerrarla de nuevo.

–Por favor, no la cierres. No antes de que termine el verano. Sigamos hablando.

Una vez colocados los ojos de la casa, M. tuvo que hacer un tremendo reajuste que desbarataba la imagen anterior. De pronto, escuchó el sonido de los grillos que entraban durante el verano en su habitación por las ventanas abiertas, y entonces, se dio cuenta de que las ventanas no eran solo los ojos de la casa sino también sus oídos.

Sonidos agradables, como el de la fuente, sonidos que no hacen daño, como un uniforme bordón de fondo, ininterrumpido, como si por la línea del horizonte pasara un rebaño en el que se hubieran reunido todas las ovejas de la tierra y también sonidos que perturban hasta la desesperación.

Toda la vida intentando evitar que estos últimos sonidos afecten de forma negativa a su pensamiento. Como esta mañana.

Entonces, M. saca a Séneca de la biblioteca, como si marcara un número de teléfono con muchas cifras, y busca la epístola a Lucilio en la que el filósofo exhorta a su pupilo a superar el efecto negativo que los ruidos y voces pueden ejercer sobre la concentración y el estudio.

Séneca vivía sobre un baño, y hasta él llegaban los sonidos más mortificadores para un oído, como los gemidos y jadeos de quienes hacían ejercicio, gritos y voces.

Concentrado en el sonido, podía distinguir si el golpeteo de las manos del masajista en los hombros de su cliente se realizaba con la mano abierta o cerrada. Una clase de sonido hería el oído o se limitaba a llenarlo, esos sonidos no impedían el estudio, como el paso de los carruajes en la calle, los golpes uniformes del herrador o los de un cerrajero vecino. Era el sonido que cesaba de golpe y se reanudaba más tarde, inopinadamente, el que más lo importunaba. Y aun así, él los metía todos en el mismo saco, se olvidaba de ellos, dejaba de alguna manera que fueran a fundirse con un sonido mayor, que los anulase a todos. Y, sin embargo, ay, distinguía ese sonido inoportuno, fatídico para Wittgenstein, quien también podía convivir con el sonido intenso del tráfico o de las máquinas. Eran las voces, el diálogo humano, de pronto distinguible, el que interrumpía el hilo de su pensar.

M. busca consuelo en las palabras de Séneca, pero no lo encuentra, porque se le aparece el fantasma del segundo filósofo, sin que lo haya llamado, y solo encuentra cierta gratificación en el hecho de compartir con él un sentimiento, aunque este sea de disgusto, quedando ambos prisioneros en una misma clase de trampa.

Pero en la amistad no encuentra solución a su problema. Ha comenzado a escuchar una conversación banal bajo su ventana, y a cada voz responde otra, sin que pueda hacer nada por interrumpir el hilo de las palabras.

A veces, se crea un silencio, y cree que las dos personas que se habían cruzado azarosamente en la calle van a iniciar las frases de despedida y a continuar su camino.

M. contiene la respiración pensando que está a punto de recuperar su concentración, pero, de pronto, una de ellas pregunta por el estado de una tercera persona ausente, y el intercambio de información se reanuda. ¿Podrían llegar a decir algo que le sorprendiera, al menos? Pero no, no dicen nada, el intercambio de datos se hace tan tedioso como la recitación del parte meteorológico de un país tropical en temporada de lluvias: siempre la misma lluvia, siempre la misma temperatura y el mismo grado de humedad.

Y, sin embargo –¡cuántas clases de esclavitud existen!– no tiene más remedio que seguir escuchando. Si no se separan al contar hasta diez, a pesar del buen tiempo, cerrará las dobles ventanas.

Recuerda entonces a V. y las voces que invadían su cabeza en cada crisis esquizofrénica, y cómo no podía hacer nada por dejar de escucharlas, cómo el flujo de estupideces era imparable y no podía cerrar la ventana de sus oídos, porque estaban dentro de su cabeza.

¿De qué sirve el silencio exterior, el silencio de la calle, si las pasiones se agitan en el interior de mi cabeza?, pensaba Séneca. El único silencio será el que establezca la razón.

Una vez más, M. cierra la ventana. La gran creadora de silencio, la madre que apaga todos los ruidos para que su hijo duerma.

M. ha tardado tanto tiempo en cerrar la ventana porque las voces humanas, incluso las más tediosas o las más anodinas, ejercen un hechizo en el oído del que es casi imposible escapar. J. piensa que nos quedamos hechizados por igual de la frase penetrante como de las mentiras toscamente elaboradas, de un insulto huero o de una cantinela.

–Nos quedamos pegados a las palabras de otros a veces de por vida, me dice. A veces de una sola frase. Recitamos un profundo aforismo y vemos cómo la crueldad de cuatro palabras, aparentemente torpes, lo aplastan, como la pesada rueda de un camión.

J. dice todo esto mientras bebe una copa de vino y por la ventana abierta se escucha el sonido del tráfico constante, en el que ha empezado a encontrar alivio para sus obsesiones.

–Qué distinto el sonido uniforme que nos arrulla, incluso si no es agradable, por el mero hecho de ser constante.

Recuerdo entonces al compositor John Cage, el amigo de todos los sonidos, a los que adoptaba, sin distinción, sonidos elegantes y sonidos desaliñados. Me parece verlo en el hospicio al que han ido a parar los sonidos abandonados al nacer, como niños enfermos o maltrechos. La preciosa niña de rizos de oro juega en su música con el niño bizco y picado de viruela; dibujan juntos en la arena caminos que se bifurcan una y otra vez, como ramas de un árbol.

Para él, el silencio del siglo XX era el sonido del tráfico. Tan uniforme que, como hoy, dejamos de escucharlo, como si se instalara una respiración más fuerte en nuestro cuerpo.

–¿Cuál será el silencio del siglo XXI?

–¿El de la ventana definitivamente cerrada?

Mientras hablamos, fija en sus retenedores, quizá anestesiada, la ventana trae el bordón de fondo de los motores que nosotros acompasamos al recuerdo de las olas que rompen en la playa.

Pero las voces..., ¿qué hacer con las voces?

Una vez, hace años, T. escuchó una conversación inolvidable desde la ventana de su casa de la ciudad.

En la plaza se había establecido un grupo de mendigos de quienes conocía incluso sus nombres. Uno de ellos era el maestro y líder indiscutible del grupo. Lo sabía todo. Si no era un filósofo era quien sabía qué había que hacer en cada momento. Parecían formar parte de una secta tranquila, hasta que, de vez en cuando, el alcohol abría una brecha en su convivencia. Entonces, él ponía orden.

El maestro no bebía y estaba allí por otros motivos; altas razones a las que aludía sin desvelar su naturaleza y que, en todo el tiempo en que T. vivió en esa casa y tuvo ocasión de escucharle, nunca salieron a la luz.

De vez en cuando, todos se iban a dar un paseo por el barrio.

No iban muy lejos. T. los encontró varias veces en el parque, donde, más que nunca, parecían filósofos mudos. Nunca los vio pedir dinero, a pesar de que era evidente que vivían de la mendicidad. Pero no la ejercían en la plaza en la que vivían, por una teoría sobre el equilibrio y el respeto hacia los vecinos desarrollada por su maestro. Ellos vivían a ras de suelo, mientras T. lo hacía en el segundo piso: así se repartía la energía que hacía del lugar un oasis en medio del gran desierto que también es el caos. Aquí había agua, una fuente de las de antaño, de las amistosas y potables.

A la plaza llegó un día un mendigo, a quien el maestro se dirigió para darle todo tipo de información: le recomendaba que se quedara en aquel lugar. Después de años viviendo en la ciudad, estaba persuadido de que era la mejor de las opciones para un mendigo. Le dibujó el mapa del barrio, y cantó sus excelencias, entre las que se encontraba el talante de los vecinos. Además del agua de la fuente, los baños públicos estaban muy cerca, había multitud de restaurantes, de supermercados, estaba el parque, la boca del metro, los soportales..., y como remate, la bella plaza y su estatua, el retrato ecuestre del rey..., el nombre y el número regnal, se lo inventaba cada vez. Casi siempre estaba de buen humor, pero nunca como aquel día en que cantó las alabanzas del barrio que había elegido para vivir, el mejor de la ciudad. Cuando, finalmente, T. cerró la ventana, lo hizo para que nada ni nadie enturbiara el discurso de un hombre feliz.

En la ciudad, L. se siente atormentado por la orquesta disonante de los motores y las bocinas de los coches, y recuerda los sonidos mucho más armoniosos y atenuados del pasado, no solo por la lejanía del tiempo, sino porque entonces la dictadura del ruido no se había establecido todavía a través de sus potentes amplificadores. El de los pájaros que hacían una pausa en el frondoso jardín, e incluso anidaban en él. El sonido de los vendedores ambulantes que, todavía en su infancia, voceaban algunas mercancías, o las voces de los oficios perdidos, como el del afilador.

Las escalas ascendentes y descendentes del chiflo atravesaban el jardín como el reclamo de un pájaro fabuloso, y, al entrar por la ventana abierta, recomponían la imagen de la estructura de madera en la que estaba embutida la piedra de afilar, la rueda de bicicleta, y la figura del afilador mismo, que esperaba, apostado junto a ella, en la esquina de la calle, la llegada de los cuchillos. Un lenguaje más de los muchos perdidos en el tiempo.

Las ventanas experimentan una vida de confrontación, entre el silencio que reina a un lado de la casa y determinados sonidos al otro lado del cristal. El fuerte viento y las máquinas, la vibración excesiva del ruido, podrían hacerla ensordecer. No podemos dar voz a quien tiene por misión crear silencio, pero el hijo pequeño de S., al igual que se aflige por las tejas del tejado cuando llueve, piensa que las ventanas sufren por todo el ruido que tienen que padecer y del que nos protegen.

Por un lado, tiene sus oídos abiertos a todos los sonidos, y por el otro, con la generosidad heroica de un parapeto, defiende los nuestros.

A veces, en estos días de encierro, siento que la ventana permanentemente cerrada por el frío intenso ha hecho de mi habitación una estancia intrauterina. Como esa placenta que aleja los sonidos y los vuelve más graves, más suaves, siempre situados a una distancia tranquilizadora, y que convierte el sonido del tráfico en el bordón lejano de un órgano.

Cuando, clausurado el periodo de sueño, abro la ventana cada mañana, recuerdo la sabiduría del cante jondo, y el grito con el que da comienzo la seguiriya, que parte al mundo en dos mitades. Cada hoja de cristal sería uno de esos dos hemisferios, a un lado estaría el silencio y al otro, el sonido, mientras el grito se abriría paso entre los dos.

M. colocó dobles ventanas en cada hueco de la casa. Solo abría la ventana de su habitación de trabajo a ciertas horas del día, cuando sonaban los sonidos elegidos, como quien intenta seleccionar a sus amigos. Sin embargo, siempre había un amigo que gritaba demasiado, que decía tonterías, a quien debía tolerar, porque así era la vida. Y, del mismo modo, intentaba hacerse amiga del ruido del que no podía escapar y que iba a jugar siempre con su oído, como si en medio de la *Sonata* de Brahms cacarease un gallo.

Siempre hay un gallo que desbarata las melodías que construimos con la vida, y, sin embargo, de qué forma el cacareo del gallo puede elevarse, como el de la alondra, por encima de todos los instrumentos de la orquesta, dejándolos solos, convertidos de pronto en un pacífico rebaño.

Y entonces, por la ventana entra el olor intenso del abono más pestilente, el producido por los purines que los ganaderos esparcen por los prados como aplicación de una ley abominable, y M. se da cuenta de que la ventana es también nariz por la que la casa respira y por la que entran y salen los olores del sudor y el trabajo. Al jeroglífico que consistía en un ojo pegado a una oreja, ahora hay que añadirle una grotesca nariz de carnaval.

La señora P., con quien coincidía a veces por el camino del río en sus largos paseos, adoraba el olor de las boñigas de las vacas. Por medio de él, veía pastar al pacífico animal, veía cómo se hinchaban sus ubres de leche y los cubos generosamente llenos del ordeño.

Pero este olor es distinto, no es posible que se mezcle con el aire, ni siquiera con la hierba, sobre la que cae, aplastándola. Es un veneno de poder incalculable que hace zozobrar el ánimo.

La ventana se cierra para que el olor que se multiplica, como un ejército enemigo, no se apodere de la casa, donde todavía es posible respirar.

A M. le gusta crear metáforas y le disgusta destruirlas, pero las metáforas del cuerpo de la casa comienzan a multiplicarse peligrosamente cuando, además de ojos, de oídos y de narices, empieza a ver las ventanas como radiografías del organismo de la casa, y de pronto, en sus cristales, convertidos en placas, el estómago, los intestinos o el hígado, e incluso estos prometen mostrar los jugos y humores que guardan. De qué forma las metáforas se encadenan, no desdeñan siquiera a los parásitos que se alimentan de ellas y acaban por producir generaciones de monstruos.

M. piensa que al final tendrá que volver a llamar *ventanas* a las que había llamado *ojos*, *oídos*, *narices* y *bocas*. Pero, igual que por el oído de las ventanas han entrado múltiples sonidos y palabras, ahora recuerda pequeñas y grandes historias que salen de las ventanas convertidas en bocas.

Pequeñas historias como la de aquella mujer que movía los brazos, cruzándolos en el aire, como quien quiere llamar la atención, desde la ventana alta de un edificio, descubierta durante un viaje:

Nos encontrábamos allí de paso, en una escala de apenas unas horas. Estábamos sentados al sol, en la terraza de un café, cuando la ventana del ático se abrió y la mujer comenzó a agitar los brazos.

Quizá estaba llamando nuestra atención y nos enviaba una señal. O la mujer estaba en peligro. Los movimientos de los brazos eran un poco absurdos, como si siguieran la coreografía de una gimnasia dañina o imitaran las banderas que dirigen las maniobras en un puerto.

La ventana se encontraba lo suficientemente lejos de nosotros como para que no pudiéramos saber en qué dirección miraba.

Pensé en el poema de Stevie Smith, *Not waving but drowning*... A lo mejor la mujer pedía auxilio. Pero nadie se movía, a lo sumo, el camarero torció el gesto mínimamente, como con fastidio.

Ahora los movimientos de los brazos parecían acompañarse de voces, de un mensaje incomprensible. ¿Había dicho agua? ¿Se estaba ahogando, como en el poema que acababa de recordar? La gente pasaba de largo por el portal, sin ni siquiera mirar hacia la ventana, de la que, en un momento dado, fue retirada por los brazos robustos de otra mujer. La ventana, entonces, se cerró.

Nadie parecía conceder valor a lo que acabábamos de ver. ¿Hasta tal punto se había consolidado el desamparo? Más bien parecía que el acto se había repetido muchas veces y formaba parte de la rutina del lugar.

Poco más allá, otra ventana abierta dejaba salir el sonido de un aparato de radio que informaba sobre las recientes elecciones, y en otra, colgada del quicio de la ventana, la jaula de un pájaro que guardaba silencio, quizá afectado todavía, como nosotros, por el mensaje de la mujer.

Pensé en la voz de tantos cuentos en los que una mujer encerrada canta junto a la ventana y pide auxilio con el mensaje encriptado de su canción.

¿De qué suceso repetido en su mente cada día alertaba la mujer? ¿Qué experiencia podía haberse convertido en una hora de su reloj interior? ¿Cómo se recomponía?

A la misma hora, en otra ventana, también como si colocara un hito en el tiempo, una madre de familia numerosa se sentaba a coser y dejaba que el sol le calentase las manos y los antebrazos, y adormeciera también la tela, anestesiada para el trabajo de la aguja.

Solo la prenda cambiaba día a día. La mujer cosía un remiendo, aseguraba un botón, incluso podía confeccionar un vestido nuevo; siempre había una labor de costura que hacer. Y esa hora, en la que no dejaba de trabajar, era, sin embargo, su hora de descanso: estaba sentada, el sol le calentaba las manos, la aguja se inyectaba en la tela con el anestésico del día.

A. la miraba desde su ventana, en la casa de enfrente, que entonces estaba en sombra, y le parecía contemplar una escena de recreo casi infantil, o en la que la madurez y la infancia se daban la mano. Envidiaba la concentración liviana de la tarea y envidiaba el sol.

Siempre se envidia el sol de una ventana desde otra que vive a la sombra. Como si el sol se hubiera sorteado en la ciudad y solo algunas ventanas hubiesen resultado agraciadas con su número.

Esa hora del día en la que el sol entra durante solo unos instantes en su habitación orientada al oeste, y cruza la ventana que, unos momentos después, estará cubierta de nuevo por la sombra que arroja el edificio de enfrente. Ese instante… es tan importante que, de nuevo, parece que el sol ha enviado a un mayordomo con un sobre en una bandeja, un mensaje de luz que se abre al retirar el sello de lacre rojo.

El sol entra en la habitación de lado, como si hubiese encontrado unos parapetos que no existen para nosotros; ilumina una pared y parte de una mesa. El paisaje que cuelga de la pared, que representa una puesta de sol en un bosquecillo, recibe una descarga de luz natural y el agua del manantial parece comenzar a correr.

Para P. ese rayo de sol que se abre paso por la habitación es un solo de trompeta en un concierto de jazz. Dice que cuando termina el solo de luz, siente un hormigueo en las sienes, como el de las escobillas que percuten en los platillos de la batería.

A veces, dan ganas de gritar:

–Ventanas resplandecientes ¿qué queréis de mí?

Había una hora, en mis visitas a la habitación de estudiante de A., en la que las dos dejábamos de hablar y nos concentrábamos en la inminente llegada del sol.

La obra que estaba a punto de representarse se llamaba la *Anunciación*. Duraba solo unos instantes, delimitados por la entrada y la salida del sol, y estaba dirigida por la orientación de la ventana y la situación de los edificios que la rodeaban.

A. había colgado un prisma en la ventana, para ese momento crucial en el que, tocado por el sol, en la pared de su escritorio se reflejaban las múltiples facetas del arco iris. Imposible no adelantar la mano para que el espectro del prisma la tatuase, y tener otra piel durante un larguísimo minuto de fiesta.

A ella esta representación teatral le hacía recordar el invierno y la oscuridad casi eterna de su país, en el que había que inventar tantos juegos para no sucumbir a la depresión, y yo siempre estaba dispuesta a participar en ellos.

Cuando llegaba el sol, lo saludábamos con complicidad, y cuando se marchaba, tendíamos los brazos hacia la luz que se retiraba, como quien quiere retener a un amor... y, como actrices abandonadas por un galán cruel e inconstante, suspirábamos con toda la potencia de la sobreactuación.

Si rememoro tantas veces esta escena en mi memoria es porque entonces, la juventud suplía con otras promesas el abandono del sol. Pero A. continuó viviendo en el lado de la sombra durante mucho tiempo; la gran madre sombra que tiene descendencia y se convierte en las sombras. Ella creía haberlas dominado, pero aquel falso freno nunca dejó de ser un juego más en el que se dedicó a recrear durante años su desamparo.

El cadáver de A. no presentaba huellas de violencia, pero yo sé que fue el inconstante sol quien primero la abandonó y, aunque fuese ella quien se lo pidiera y le dejase la ventana abierta, luego la mató.

Algunas ventanas de paso se eternizan en la memoria de L.

Mientras caminaba por el centro de la ciudad extranjera, adonde había acudido a un congreso, descubrió, en la alargada ventana de la tercera planta de una antigua y elegante casa de pisos, una pantera de cerámica de tamaño real, sentada sobre sus cuartos traseros.

Hacía mucho frío, y todavía quedaban parches de nieve en las aceras. Se subió las solapas del abrigo para contemplar aquella aparición que por momentos parecía real. La efigie de cerámica ocupaba la ventana casi por completo, como si la casa entera fuera su jungla y ella velara por ella desde el alféizar. La ventana era otra clase de entrada a una casa, la puerta de las miradas. ¿Quién podía vivir en semejante espacio? La pantera parecía una advertencia, ¿lo era realmente?

L. la miraba, incrédulo, desde el semáforo, que se abrió y cerró dos veces, sin que pudiera decidir si, por el contrario, la pantera enviaba una señal de bienvenida a alguien con coraje, a una persona que no tuviera miedo de su morador o su moradora, una pantera negra. O quizá la pantera se reía de todos y cada uno de los transeúntes, crédulos o incrédulos.

Varias veces, durante el día, mientras cambiaba de una lengua a otra en el aparato de traducción simultánea del congreso, recordó a la pantera. En el hotel, por la noche, mientras su imagen volvía a su memoria, llegó a pensar que en aquella casa quizá no vivía nadie, y que la efigie de cerámica había terminado por apoderarse de ella. ¿Quién dejaría que una pantera se adueñara de la ventana principal de un salón, interrumpiendo la entrada de la luz? ¿Quién renunciaría a la visión de una calle en favor de un mensaje? ¿Sobre todo, de un mensaje tan críptico como aquel?

L. sintió un deseo irresistible de volver a aquel semáforo. De ver las luces del piso encendidas y descubrir quizá una presencia que deambulaba por la habitación. Su avión salía al día siguiente, a primera hora de la mañana. Si hubiera vivido en aquella ciudad, habría regresado a la calle, se habría apostado en algún lugar cercano al portal, y habría llegado a espiar las entradas y salidas de la casa que nunca ha olvidado. Hay mensajes que parecen abiertos, que cualquiera podría leer, y que, sin embargo, tienen un solo destinatario.

Muchas veces deseamos extraer sonidos de una ventana abierta, información sobre la vida de los habitantes de una casa, que tan pronto elevan la voz como susurran para no ser escuchados.

Sobre todo en la mitad de una noche de verano, desde el jardín, prestamos atención a un diálogo que nos llega entrecortado, como si las láminas de madera de las contraventanas guillotinasen la primera y la última palabra de una frase.

Están compartiendo un secreto, porque han vuelto a bajar la voz. No se trata de susurros amorosos. Quizá sea el secreto de un tercero lo que ellos desmenuzan y en el que intervienen como hábiles cirujanos.

Pero yo no me resisto a participar en el juego prohibido de poner las palabras que faltan, como piezas de un puzle sonoro que alguien quisiera guardar en un cajón bajo llave.

Están hablando de una mujer..., no estaba donde dijo encontrarse el lunes pasado. Fue vista por alguien en un coche cerca del paseo marítimo. La persona que lo acompañaba subió al coche más tarde..., ¿salieron luego juntos?

Como el mismo secreto que comparten, las voces que llegan desde la ventana recomponen sus propias figuras también de forma incompleta, parecen bultos cubiertos por velos negros, que se resisten a tener ojos, nariz o pelo, y solo tienen bocas. Sin embargo, es posible imaginar su edad, un peso corporal y una estatura, que nacen en el cerebro de forma espontánea, como resultado de tantos años de visión y de escucha inconsciente.

Cuanto más me acerco a la pared y contengo la respiración, cuanto más silenciosa me vuelvo, menos percibo.

Son buenos cazadores y si no consigo dejar a un lado mi curiosidad pronto me convertiré en su presa.

Después de un silencio extraño, como de alguien que contiene la respiración, la ventana se cierra.

Que lo que solo yo conozco se quede en la ventana. Ya que no puedo evitar que las palabras salgan de mi boca, que no traspasen el cristal y que solo tú puedas escuchar la estéril repetición de la historia.

Aquella ventana pertenecía a una bella casa de las afueras de la ciudad. Todo indicaba que la vivienda había sido abandonada, o quizá permanecía cerrada por algún motivo desconocido. Las puertas y ventanas se mantenían invariablemente cerradas, los visillos no permitían adivinar nada de su interior. La pintura de la fachada y la de los marcos de las ventanas se mantenían todavía en un relativo buen estado. Y, sin embargo, una de las ventanas de la primera planta tenía un cristal roto. Era solo un pequeño fragmento, pero esa falta, parecida a una herida violenta, la difícil comunicación que establecía entre el interior y el exterior, transformaba el edificio, de golpe, en una casa tocada por la tragedia, abandonada por una causa terrible, quizá una huida precipitada. ¿Vendrían algún día a reponer el cristal?

Una vez por semana, alguien abría la verja del jardín, barría las hojas caídas de los árboles y deambulaba entre los parterres con una herramienta en la mano.

Hacía más de un año que mi amiga A. se había mudado a la casa de enfrente y en todo ese tiempo nunca había visto entrar o salir a nadie que no fuera el silencioso jardinero. Cubierto por un sombrero de ala ancha en cualquier estación, apenas era posible distinguir los rasgos de su cara.

¿Cómo era posible que se cuidara del jardín y no de la casa? ¿Cómo podía pasar desapercibido el deterioro que había dado comienzo en el edificio y que se manifestaba por medio de aquel cristal roto?

Para mi amiga, la ventana se convirtió en una obsesión.

La bella casa mostraba una herida que podía parecer menor, pero es sabido que un cristal roto jamás cicatriza y, como el inocente arañazo que puede terminar por gangrenar una pierna y envenenar todo un cuerpo, en aquella ventana mi amiga veía el primer signo de una enfermedad de la casa que sería mortal si nadie ponía remedio. Ella misma estaba dispuesta a correr con los gastos en que se pudiera incurrir para devolver la salud a la ventana. La salud era el cristal intacto, el aislamiento que este produciría y que pondría la casa a salvo. Por otro lado, al cuidar de la ventana y de la casa, ella misma se cuidaría a sí misma, se pondría a salvo de la imagen perturbadora que quizá le hablaba de su propia e inevitable decadencia.

No conocía a nadie en la ciudad. Los vecinos parecían vivir hacia el interior de sus casas y los jardines vecinos casi siempre estaban desiertos. Parecía un barrio de embajadas encubiertas en las que únicamente se llevaran a cabo acciones de espionaje. Un día, convencida de que el jardinero la conduciría hasta los dueños de la casa y decidida a arreglar la ventana a costa de lo que fuera, al verlo aparecer como tantas veces y entrar en el jardín, mi amiga salió de su casa, cruzó la calle y lo llamó desde la verja de la entrada.

Ante el interés de ella y con una enorme transparencia, el jardinero fantasmal resultó ser una persona afable y comunicativa que en el curso de una pequeña charla le contó algo sorprendente. Aquella persona que mi amiga pensaba que había sido contratada para mantener vivo el jardín nada tenía que ver con la casa o con sus dueños. El hombre vivía en un edificio de pisos no demasiado alejado de aquel barrio y paseaba desde hacía años por aquella calle para disfrutar de la vista de sus bellos jardines, como si caminara por un parque. En su infancia, había vivido en una casa con un extenso jardín y su madre lo había iniciado en sus cuidados; desde entonces, había deseado volver a cultivar uno, aunque la vida no le había permitido cumplir su sueño. Llevaba demasiado tiempo viendo languidecer el hermoso jardín, siempre desierto, como la casa, que veía cada mañana y cada tarde en sus regulares paseos, las luces apagadas siempre, en las noches de invierno.

Un día, se dio cuenta de que la verja de la entrada no tenía candado, y sintió el impulso de entrar en él. Se dijo que nadie pondría un impedimento a su tarea, ¿a quién podría importarle que lo cuidara? Y como alguien que hubiera adoptado a un niño abandonado, se dedicó desde entonces a plantar semillas, a arrancar malas hierbas, a rastrillar la tierra. No quería que nadie lo confundiera con el dueño de la casa y solo se quedaba allí el tiempo necesario para llevar a cabo su trabajo. El resto de los días, miraba el jardín desde la calle, como el amante clandestino que no puede mostrar sus sentimientos en público. La ventana rota que obsesionaba a mi amiga se encontraba alejada de su interés. ¿Cómo llegar hasta los dueños? No lo sabía, no sabía nada de ninguno de los propietarios de aquellas casas.

Mi amiga A., que volvió a mudarse de barrio algún tiempo más tarde, nunca repuso el cristal roto de la ventana, pero su obsesión vuelve a mí cada vez que me encuentro ante un edificio abandonado y distingo la misma clase de herida en alguna de sus ventanas.

Mientras vuelvo a leer el relato de los terribles sucesos que acontecieron durante la noche del 9 al 10 de noviembre de 1938, cuando las juventudes hitlerianas cometieron tantos crímenes contra la comunidad judía de estas ciudades –detenciones, asesinatos, quemas, saqueos– pienso en cómo la rotura de los cristales de los escaparates de sus tiendas, las piedras lanzadas contra las ventanas de sus viviendas, terminaron por dar nombre al horror: «La noche de los cristales rotos». En otros campos de batalla, vemos regueros de sangre, humo, cadáveres... Aquí vemos un cementerio de cristales rotos que no pueden encontrar reposo. Resulta inquietante que cada cristal roto represente a una víctima y al mismo tiempo constituya una herramienta criminal.

El sonido del cristal roto es otra clase de grito, dura solo un instante, pero tras él se instaura la muerte. Los fragmentos de cristal, como cuchillos, cortan el aire.

Alguien puede abofetear en la cara a un enemigo; el cobarde arroja una piedra a su ventana, cuando puede ocultar su presencia en la calle, en la oscuridad de la noche. Los cristales de los escaparates de las tiendas, los cristales de sus viviendas, el aire que entra violentamente en espacios hasta entonces protegidos... La violación de una casa se lleva a cabo así, con una piedra que rompe el cristal de una ventana, una violación que puede ser múltiple y prolongar, así, el terror y sus huellas.

Salimos de la sala de proyecciones convencidos de haber percibido el temblor del cine, el origen del cine en forma de vibración.

Kiarostami nos había contado la historia de un niño que, jugando en el recreo del colegio con una pelota, rompe sin querer el cristal de una ventana. En parte por los escasos medios con los que cuenta el colegio y también para que el niño tome conciencia del daño hecho y como severo ejercicio de expiación, el maestro obliga al niño al reponer el cristal roto.

La empresa, tan ardua, nos mantuvo en vilo durante toda la película; la desesperación y el ingenio que el niño debía desplegar para reemplazar el cristal roto.

Llovía torrencialmente en la ciudad cuando salimos del cine y nos refugiamos en un bar donde repasamos, escena por escena, la película, cargados con la tensión del cristal que viaja de un lado a otro.

Era la historia del cristal de una ventana que está siempre a punto de romperse, de un cristal que está destinado a romperse.

¿No era el cristal la vida?

M. recuerda cómo le gustaba ayudar a su madre a reforzar los cristales de las ventanas con masilla cuando era niña. A pesar de su fuerte olor a pescado, la intensa experiencia de hundir los dedos en la mezcla, aplastar suavemente con el dedo índice el cordón, ver su huella dactilar en los bordes, como en la masa de hojaldre que ajustaba a una bandeja de horno, y que dejaba en ella, como una firma.

Otro trabajo perdido en el interior de un oficio. La masilla de las ventanas que se terminaba de secar, se descascarillaba, también muchas veces con la ayuda del dedo infantil, como el juego de levantar una costra, y que había que reponer cada cierto tiempo, en el ciclo de estaciones de la vida de la ventana.

El cristal parece un cuaderno frío del que huye la mano. Del otro lado la lluvia escribe de arriba abajo, gota a gota, como si quisiera memorizar algo. Cuando deja de llover, el cuaderno se convierte en el escaparate efímero de una joyería. Las gotas contienen la respiración, de nuevo como si quisieran darte tiempo para que las intérpretes. Es difícil aceptar que no dicen nada, que has estado siguiendo un dictado vacío. Solo un niño, con su dedo inocente, podría llevar el dedo al cristal y escribir con ellas como con un alfabeto recién nacido.

Luego hay un largo silencio. Y después, nada; ni siquiera la sensación de un silencio creado. Lo que acaba de pasar, ¿cuándo volverá a repetirse?

Otro día.

En el cristal hay siempre un eco de otro día, que llegará como el satélite a una ubicación predeterminada solo por la duración de un viaje, un punto que no podría llamarse lugar hasta entonces, y a partir del cual se crearán nuevas coordenadas espaciales.

Una gota se suma a otra, como una carga, como quien lleva un fardo a la espalda, la nueva gota engordada desciende un poco más por el cristal, quizá como una célula más compleja o un óvulo fecundado, o la gota estalla contra el cristal y se descompone en tres o cuatro gotas mucho más pequeñas, como se descomponen los tiempos musicales.

Pero deja a la ventana sola y las gotas vuelven a llenar el cristal con su repetitivo alfabeto de pura vocal arrastrada, con sus regueros mínimos de caracol y sus interjecciones, que parecen uñas de agua; una escritura aparentemente monocorde y que, sin embargo, se expresa con una caligrafía siempre distinta. Y nada puedes leer en las gotas, salvo lo que tú te propongas explicar, porque nada dicen.

Fascinación creada por la ventana en una mañana de lluvia racheada, golpeando el cristal, obligando a tu mano a dejar de escribir.

Las ventanas del cuarto de P. amanecían invariablemente empañadas en los inviernos de su infancia. Hacía tanto frío en la habitación que el primer movimiento que debía cumplir, antes de ir a la cocina a desayunar, era vestirse con gran rapidez. No era hasta después, antes de salir de su casa, en dirección al colegio, cuando escribía el número del calendario en el cristal.

Estos números, como su nombre, como el nombre de un amigo, como la palabra *amor* o la palabra *odio*, se escribían en la ventana, como si fuera un encerado todavía más efímero que la pizarra del colegio, que podía borrarse con la propia mano, sin dejar huella.

Hoy piensa en todo lo que queda escrito en los ordenadores, que no puede borrarse como podían hacerlo estas expresiones cuya vida dependía solo de él. Piensa en todos los números, en las palabras y en los incipientes dibujos borrados en el vaho del cristal, como en un apartado laboratorio en el que ensayó su primer alfabeto emocional, y en el que se conservan los vestigios de su memoria.

Piensa en el niño que fue y se ve a sí mismo avanzar el dedo índice hacia el vaho del cristal, y con la yema fría trazar una línea, y a partir de esta una segunda, y una tercera que regresaba al punto de partida; dibujar, sin darse cuenta, el ojo de Dios.

Leemos, comemos, amamos y nos asomamos a la ventana. Cada cierto tiempo, invariablemente, nos asomamos a la ventana, en un ejercicio de ronda automático hacia un exterior que nos provee de alimento o nos concede una pausa. Como quien abre la nevera y mira en su interior, pasando revista a los ingredientes con los que hará una comida o una cena. A veces, abrimos la puerta de la nevera en un movimiento reflejo, al igual que dibujamos círculos con la cabeza en un ejercicio de relajación del cuello, sin realmente ver, quizá solo por encontrarnos con una imagen distinta, que lleva adherida una nota de esperanza, o, simplemente, la luz de la bombilla que guarda en su interior, como quien mira una estrella. Del mismo modo, miramos por la ventana, para enjuagarnos los ojos, como si los ojos tuvieran que descansar de la visión de nuestros muebles, de nuestras lámparas y alfombras, y buscaran otra clase de alivio en la sorpresa y el cambio, una vía de escape, incluso si lo que encontramos al otro lado de la ventana no es sino la pared de un estrecho patio de manzana o la ventana del vecino que mira en nuestra dirección, una ventana gemela que, la mayor parte de las veces, parece un duplicado de la nuestra.

La ventana nos da o nos quita la alegría de las visiones deseadas.

Incluso donde no las hay o no puede haberlas, las personas las abren. Los locos son recriminados por dibujarlas en la pared y por creer en el pájaro que asoma al otro lado de su cristal de yeso, mientras los virtuosos trampantojos de los artistas reciben el aplauso de un rendido público que admira los huertos, jardines y aviarios que retratan, la entrada en escena de la locura consentida.

Mi amiga V. embutió una falsa ventana en la cocina casi ciega de su apartamento, con cristales y luz artificial que iluminaba una hilera de geranios rojos, en macetas, y un invariable cielo azul. Si en el resto de la casa era de noche, al entrar en su cocina volvía a hacerse de día, la luz que ella amaba como a ninguna otra.

A V. le pasaba como algunas personas que solo quieren vivir en una estación del año, en un verano perpetuo, como si el otoño, el invierno e incluso la primavera solo transcurrieran en un compás de espera de ese tiempo ideal, cálido y soleado.

Sobre todo en los pisos de la ciudad, donde la luz más escasea, la ventana es el bien más codiciado.

Algunos anteponen la luz a cualquier otro alimento que pueda entrar por una ventana; otros, sacrificarán la luz en aras de la belleza.

En la casa que comparten E. y S., ambos discuten sobre la oportunidad de podar la rama de un árbol que crece muy cerca de la ventana. E. piensa que la luz es el bien más preciado, argumenta sobre la vida que fructifica gracias a la luz, nos compara a todos a las plantas, la luz cambia nuestro humor, nos solicita, nos llama a la acción. S. admite sus argumentos pero la rama del árbol, de hoja caduca, se mueve con el viento, y sus hojas cambian de color, del verde al rojo, y se cubre de nieve y sacude con sus hojas el agua al cristal de la ventana..., y le gusta verlas caer en el otoño, despedirse, una a una, de la rama, y si durante un periodo de tiempo resta luz a la ventana, la dota de esta secuencia infinita de expresiones de la vida. Ni por todo el oro del mundo, ni por toda la luz del mundo, sacrificaría esa rama.

Cuando has vivido en muchas casas diferentes, entiendes cada una de estas personalidades y crees que has tenido una experiencia prolongada de todas ellas, que cada una te aportó algo y no podrías anteponer unos ojos a otros.

No puedo dejar de preguntar en voz alta: ¿qué clase de ventana elegirías para el final?

–Me preguntas por una medicina en forma de ventana. Como si, tras un juicio médico en el que me hubiera chequeado a mí mismo, pudiera recetarme un modelo. Puedo imaginar distintas ventanas para distintos finales de la vida. La ventana dividida en muchos cristales, la cristalera, hace pequeños paquetes de la visión, divide el paisaje en porciones, y favorece la vida interior de la casa, al otro lado de la cual los elementos, la vida de los demás, también se empequeñece. Lo que nació de la necesidad –la dificultad de fabricar cristales más grandes, la facilidad a la hora de reponerlos– se convirtió en una forma de vivir el espacio, en el que la balanza se inclinó hacia el platillo del interior.

Los grandes ventanales modernos, cada vez más democratizados, pero siempre mucho más caros que los pequeños, introducen el paisaje en el interior de la casa, que sale también a su encuentro.

El platillo se inclina hacia el exterior y agranda la casa, que abraza el paisaje y se apodera de él en un visual usufructo.

Como el *ha-ha* de los jardines ingleses, la zanja que se abría en la linde de la propiedad, evitando los muros o las cercas, para que, visualmente, el prado cercano pasara a formar parte del jardín, que se extendía de forma ilimitada, y en el que incluso, sin miedo a que pateasen sus parterres de flores, pastaban las vacas. El cristal es una frontera apenas perceptible cuando su gran tamaño hace que el aire de la habitación sea casi continuidad del aire exterior y produzca, a veces, sensaciones extrañas, incomprensiones de la experiencia de la temperatura, ¿cómo el fuego del interior de mi habitación no derrite la nieve que hay junto a la ventana, si no existe interior o exterior, si el pájaro que se posa en la rama y yo respiramos el mismo aire?

Tan grande puede ser el cristal que deja de ser ventana y se convierte en pared, y la pared, confundida totalmente con el aire por arte de magia, cree que puede ser atravesada.

Cada día, R. encontraba un pájaro muerto junto a una de las paredes de su casa. Lo recogía, lo metía en una caja de cartón y lo llevaba a un espacio de matorrales, a la entrada del pueblo, donde lo abandonaba. Pero otro pájaro venía a ocupar el lugar del anterior, exactamente en el mismo sitio, rígido, boca arriba y con las garras al aire, como si lo acusara, como si lo pusiera a prueba de algo.

Cuando llegó el tercer pájaro, comenzó a pensar que los vecinos rencorosos, con los que se había peleado, llevaban a cabo una siniestra venganza, una fatua escenificada por medio de los pájaros. Hasta que un día, escuchó el sonido del golpe en el cristal de la ventana. R. miró hacia el suelo de la calle y volvió a encontrarse con un cadáver. Se dio cuenta entonces de que el espejo del cristal había absorbido el azul del cielo, creando un reclamo para el pájaro, la falsa promesa de un atajo al infinito a través de la casa de piedra.

Es verdad que mi vida puede contarse en sus ventanas. De las ventanas geminadas a este último inmenso ventanal de hoy, cuyo mayor regalo es la contemplación incesante del cielo sobre el gran valle abierto.

El cielo no necesita de retoques; su discurso, tan categórico, se basta a sí mismo y no contempla el diálogo. Ves pasar las nubes, ves nubes condensarse, ves nubes de vientres pequeños y grandes, adolescentes y maduras, inmaculadamente blancas, o tocadas de una suavidad gris. Ves desdibujarse las nubes en favor de un solo cielo plomizo, a punto de descargar. Ves llover, y el espacio rayarse verticalmente o con líneas oblicuas.

De algún modo ves el frío y esperas la llegada de la nieve que, tan cerca del mar, difícilmente vendrá a visitarte. Como si te sentaras a la mesa iluminada por velas, preparada para un encuentro amoroso, y esperases a un invitado que hace tiempo se mudó a otro país. Como si dijeras «ven» a alguien que estuviese atado a un poste.

Ves el alba, ves el crepúsculo. Ves el color cambiar, encenderse, apagarse. Ves colores que se ocultan tras otros colores que ejercen de biombos, otros que son sábanas, veladuras. Ves cómo los colores se amansan como animales ante un trozo de pan. Bordes de color que parecen caballos encabritados. Colores que emprenden un viaje lejano, como el humo. Colores que doblan la espalda como si cargaran con una culpa muy pesada. Colores tan encendidos que tienen miedo de sí mismos, de consumirse en su propio fuego. Hay colores anaranjados y rojizos que parecen frutos desgajados. Alguna vez viste algo así, bajo un tragaluz, en el puesto de un mercado del sur: pilas de naranjas y mandarinas delante de una pared de azulejos celestes. Ves la luna creciente, menguante, ves la luna llena y repites con el poeta Myōe:

> Oh brillante, brillante,
> oh brillante, brillante, brillante,
> oh brillante, brillante.
> Brillante, oh brillante, brillante,
> brillante, oh brillante luna.

Ves el vuelo puntuado de las golondrinas, como impulsado por pequeñas descargas eléctricas. Ves al águila clavada en el aire, haciendo puntería con la ceguera y, luego, un picado suicida que en realidad es un picado asesino. Ves águilas que se apoyan en el aire, que encuentran combustible en el vacío y que parecen seguir el rastro de otros vuelos. Ves al pájaro prófugo que se escabulle en el interior frondoso del árbol, al que no tienes tiempo de castigar con un nombre. Ves el espacio que no es habitable y que no tiene fin.

Luego desciendes sin aterrizar al paisaje del valle, bajas a los arroyos invisibles que se ocultan tras los árboles, y las casas dispersas comienzan a hacer ruido, algo parecido a un zumbido. Muchas no necesitan más que la armonía de la piedra amalgamada con sabiduría; otras son ostentosas, parecen huecas, casas que quieren guardar sus coches también ostentosos como a miembros de la familia; la mayoría está demasiado lejos para distinguirlas, pero son como moscas molestas en el paisaje.

Y comienzas a retocar y a hacer abstracción de algunos edificios. E incluso un camión que pasa, a lo lejos, se convierte en una efímera visión del pasado o, por qué no, en la pieza de un puzzle del futuro, puro engranaje del tiempo. Le pides al ventanal que cambie algunos de los elementos del paisaje que preferirías que no estuvieran ahí y a los que no puedes acostumbrarte; sobre todo, aunque lejana, la granja de animales estabulados, como un campo de concentración, demasiado grande, demasiado gris, desalmada. Y debajo, el edificio de las antiguas escuelas, abandonadas, bello porque habla de entradas y salidas de niños y de niñas, en dos alas simétricas, como la pieza de dominó del doble seis, que ha sido restaurado solo en parte, y que terminas de consolidar cada día con los ojos: lo repintas, pones tejas nuevas sobre los porches que amenazan con desplomarse. Y plantas árboles, muchos árboles a su alrededor, y alrededor de cada casa.

Entonces, la visión de la montaña, bajo la cual sabes que se encuentra el mar, pone siempre una nota de esperanza al día a veces difícil, la luz allí es siempre más intensa, luz reflejada en el espejo el mar, y está tan cerca que sabes que podrás pasear por la playa por la tarde, o por el pinar que hay delante de los acantilados, como quien tiene una finca, un jardín exento a la casa.

En el ventanal caben tantas cosas que también ves las tapias del cementerio y la cabeza y parte de las alas plegadas de algún ángel de escayola, y hacia el este un bosque, y otro bosque detrás del primero, y sobre todo, ves la iglesia antigua, levantada sobre un promontorio. La gran torre de piedra, el campanario que todavía da las horas, las medias y los cuartos. La bella iglesia que, sobre todo en la noche, iluminada su piedra arenisca, llama a todas las farolas de luz dorada y a las luces también doradas de las casas, que parecen su congregación, a un rezo en el que intercambian, como susurros, la misma sustancia.

Te vas a dormir siempre en paz por esa iglesia que no necesita de la fe para ser el centro del valle y que coloca un hito en su Historia. En paz con la noche que entra en la casa por el inmenso ventanal. Tan grande, tan confundido con lo que es, que no cabe en palabra alguna.

Y, por la mañana, vuelves a plantar árboles para cubrir la parte de realidad con la que no te llevas bien, con la que discutes cada día, sin poder aceptarla.

Pero la ventana, como la vida, nunca te dirá lo que quieres oír.

Entonces haces repaso de la vida de tus ventanas y vuelves al principio de las ventanas geminadas, como si nunca te hubieras movido de la primera casa.

Al anochecer apareció junto a mi ventana un ciervo volante. Me dio la impresión de que buscaba una rendija de entrada, o de que llamaba al cristal con su insistencia. Enseguida me di cuenta de que había quedado hechizado por la luz de mi lámpara. Después de años de existencia larvaria, sabedor de que su vida se apagaría en apenas unas semanas, el ciervo volante se había lanzado a conocer el mundo a gran velocidad. Tenía que llevar a cabo en pocos días la tarea de conocimiento en la que los demás empleamos muchos años. Quizá se conforme con registrar señales y síntomas del mundo, también como nosotros.

El imponente acorazado mostraba su extrema vulnerabilidad en esa búsqueda de la luz en la que quedaba deslumbrado. Tenía incluso algo de suplicante.

No podía verme y, sin embargo, yo sentía que su interés estaba dirigido a mí, al fantasma que habitaba la casa. Me hizo pensar que había puesto aquella lámpara junto a la ventana para él y que, al hacerlo, emulaba a una presencia del pasado.

Y quizá era eso lo que sucedía en mi adolescencia cuando, al volver de mi clase de música, a última hora de la tarde, pasaba por delante de la casa de la señora V. y, a pesar de los árboles del jardín que la ocultaban parcialmente, la ventana iluminada dejaba ver su escritorio vacío, los papeles y la lámpara, un escenario que me estaba únicamente destinado a mí.

Esa ventana me produjo siempre la impresión de ser un espejo que yo debía traspasar. Porque la mesa, la lámpara, y las hojas escritas eran realmente mías.

En la biblioteca, junto a los ensayos, las novelas y los libros de poesía, se conservan los cuentos infantiles, muchos de ellos guardados como álbumes de fotografías del pasado.

No hace falta abrirlos para recobrar el candil o la vela que se colocaban en el alféizar de una ventana, para informar de que el monstruo había salido de la casa y era posible acercarse a ella por el camino o entrar por la puerta de atrás. Movido tres veces, de izquierda a derecha y de derecha a izquierda, el farol en la ventana enviaba la señal para que diese comienzo una peligrosa operación que solo podía ser llevada a cabo en la noche. La pequeña barcaza, que esperaba en el puerto, salía a la mar, o quizá, los caballos que serían montados más tarde eran conducidos sigilosamente fuera del establo.

Una luz puesta cada noche en el alféizar de una ventana, paciente en su espera, casi eterna, como luz de sagrario, que dice, cada día, no que el habitante de la casa no duerme, sino que es la casa entera la que no puede conciliar el sueño. Que la casa está *en vela*, suspendida en la luz de una vela que en el pasado, cuando todavía no había electricidad en las casas, se colocaba sobre una mesilla de noche o una mesa, para aliviar la soledad; también, esa clase de silencio nocturno que lucha dramáticamente por recobrarse de la amnesia de los sonidos.

Pequeña luz dejada en el cuarto infantil que mantiene a toda una casa en una suerte de vigilancia insomne para proteger a los niños de sus pesadillas.

Luz de la ventana de un estudiante que libra una batalla con el tiempo ante su examen final del día siguiente, que intenta memorizar conceptos a la luz de una lámpara ¿o está leyendo el libro que no puede abandonarse?

Una ventana iluminada por una luz, en mitad de la noche, invisible el interior de la habitación, ¿no puede contener todas las habitaciones?

Más aún que durante el día, promete la vida invisible, la hace fructificar en la imaginación, la hace susurrar con su insomnio inteligente.

Hay una ventana iluminada que se queda prendida en la retina para siempre y cuya información incompleta no necesita consumarse en un relato.

Aquella noche de insomnio, descubrí la lámpara encendida en la ventana de la casa de enfrente. Conocía bien a su dueño, enfermo durante muchos años. De inmediato advertí la señal de otra clase de vigilia: aquella luz que parecía una pequeña hoguera en la habitación, contagiada quizá por la fiebre, se había convertido en esa enfermera generosa y capaz, que sabe cuál es el papel que debe cumplir en cada momento. A veces, simplemente, acompañar una agonía, con la sabiduría de quien conoce lo inevitable.

La señora C. tenía una casa de muñecas de grandes dimensiones que había pertenecido a su madre y antes a su abuela. La casa tenía no solo ventanas sino contraventanas de madera. En días señalados, de manera excepcional, la señora C. retiraba las fachadas de cartón, y los distintos niveles y estancias de la casa quedaban al descubierto, como si hiciera un inventario del orden y la supervivencia. Además de la limpieza general, siempre había que encolar la pata de una silla o de una mesa, a pesar de que ninguna figurita se sentaba o se apoyaba en ellas. Estaba obligada a dejar su tesoro al descubierto, como quien abre su palacio a visitantes ciertas horas a la semana, pero el día de puertas abiertas terminaba enseguida. Lo que más le gustaba era mirar en el interior de los cuartos a través de sus ventanas. Según acercaba su gran ojo, aumentado por la lente de sus gafas, al cristal de la diminuta ventana, el mundo tranquilo de su interior, a pesar de que la casa nunca estuvo habitada y vivía exclusivamente poblada de objetos y muebles, se estremecía, amedrentado por la presencia de un gigante depredador que merodeaba a su alrededor. Y, en realidad, era todo lo contrario.

Antes de acostarse, cada noche, la señora C. cerraba cada una de las contraventanas de juguete. Es posible que estuviese mejor preparada para afrontar un peligro mortal que cualquier cambio que pusiera en riesgo la integridad de su infancia. Y este valioso concentrado estaba representado por la casa de muñecas que debía abrigar y proteger como la casa de la imaginación: una casa en el interior de su casa, mucho más importante que esta.

Su abuela había puesto nombres a sus invisibles moradores y su madre los había conservado. La señora C. no podía cambiarlos sin faltar al respeto a la parte intangible de su herencia, pero agrandó considerablemente sus biografías, añadió una nueva hija adoptiva a la familia, que sin duda era ella, y aunque los veía deambular por la casa, con total normalidad, casi siempre los situaba en un país lejano, donde el padre había sido transferido por motivos de trabajo. La señora C., inquilina de dos centímetros de altura y eternamente niña, quería la casa para ella sola. Allí vivía una existencia mucho más libre que en el hogar que compartía con su familia: entraba por la ventana, como si diera un salto impulsada por el ojo, convertida en ladrona en su propia casa. La señora C. se quedaba hechizada por las flores encadenadas de la diminuta alfombra persa, y por los aún más pequeños capullos de las flores de tela de un jarrón. Era aquella la casa a la que se vuelve, la casa a la que se es fiel hasta el final. La casa de las ventanas y las contraventanas pintadas de verde que miraban al cuarto de los juguetes y a unos juegos que consistían a su vez en mirar al interior de la casa de muñecas a través de sus ventanas. En aquel gran cuarto, vestidas con cortinas estampadas también con imágenes de juguetes –un tambor, un oso de peluche o una bailarina sobre una caja de música– que se repetían, alternándose, muchas veces, había dos grandes ventanas que daban al universo de la calle. Después de haber mirado en el interior de la casa de muñecas, ¿qué transformación se habría operado en la señora C.? ¿De qué manera afectaba a su visión de la calle?

La señora C. cerraba las contraventanas de la casa de muñecas y corría las cortinas de su cuarto, convencida desde la infancia de que la casa en la que vivía era una gran casa de juguete con la que jugaba una niña mucho más grande que ella. Cuando estaba absorta en el juego, o aplicada en su mesa de estudio, la niña gigante acercaba su ojo a la ventana de su cuarto de juegos y estudiaba cada uno de sus movimientos. ¿Qué placer podía extraer de esa observación?

La señora C. se observaba a sí misma, como niña invisible en el interior de su casa de muñecas y se sentía observada por una niña gigantesca también invisible, a través de las ventanas, que quizá formaba parte de su propia multiplicación. Su mayor pesadilla era pensar que un día podía sorprender al ojo de la niña gigantesca en el marco de la ventana. ¿No sería la misma ventana el ojo de esa niña imaginada que tanto se parecía a ella? Ambas niñas eran la mejor amiga y la peor enemiga de la señora C.

Recuerdo la casa que el famoso arquitecto ideó para el acaudalado promotor de su obra. El vestíbulo y sala de espera guardaba un secreto diseñado para que el futuro propietario pudiera sacar ventaja de la debilidad de sus visitantes.

Un pequeño habitáculo adyacente, elevado para facilitar la observación y disimular también una pequeña ventana, a través de la cual se podía ver y escuchar a las visitas, sus comentarios nerviosos, los pequeños arreglos de última hora de su indumentaria, el rápido ensayo interior de las palabras que debían producir un gran efecto. El dios tramposo de las finanzas se frotaba las manos con el rictus de tensión de la persona que iba a hacer una oferta o a solicitar una ayuda.

Cuántas ventanas camufladas en el interior de las casas en las que se juega a juegos peligrosos. Las ventanas ocultas tras un cuadro, como un ojo que mira al cuarto contiguo donde dos personas desnudas se entregan al placer. O ese otro cuarto donde una persona es interrogada, y, de nuevo, tras una ventana camuflada en forma de espejo, los expertos analizan las grietas de un discurso en las muecas, en los gestos de las manos o en la posición de las piernas del interrogado.

Las ventanas interiores de las casas, las medio ventanas que comunican cuartos desprovistos de ventilación, casi siempre altas, impracticables, hechas para aprovechar la luz natural de la que goza el cuarto vecino, el principal.

Cierta forma de la sombra arrojada en el techo por la luz eléctrica, en la noche, informa de que alguien está todavía leyendo, y cuando se apaga, de que la persona se dispone a dormir. La luz anuncia dos movimientos sencillos, mil veces repetidos por todos nosotros. Apagar la luz de la mesilla de noche y encontrar la postura en la almohada y en la cama. Poco a poco, el perfil de la ventana vuelve a formarse en la pared, y la masa de oscuridad comunica frío, aislamiento, el ojo hecho solo para la contemplación de la luz, la ventana compartida por los dos cuartos se vuelve cada vez más ambigua, como si la luz pudiera también poseer un pulmón y este cambiase su ritmo respiratorio, igual que un durmiente.

P. abrió una ventanita en una habitación de la casa para mirar con mayor distancia el cuadro situado en su pequeño estudio de pintura. El hueco, provisto de cristal, tenía la forma de un reducido triángulo y fue bautizado como «el ojo de Yaveh». El ojo de P. se acercaba a él para ganar perspectiva y pensar en algunas pinceladas que no se aplicarían de manera inmediata al cuadro, y que quedaban durante un tiempo suspendidas en su ojo interior, hasta que volvía a entrar en el estudio y se reencontraba con el lienzo. Esta mirada sobre el estudio vacío, sustraído de su propia presencia, y que, sin embargo, permanecía ahí, como el vaciado de escayola de una escultura, era la perfecta expresión de su pensamiento pictórico, una realidad superpuesta.

P. pintaba un cuadro que representaba su estudio, un estudio sin él pero con su fantasma, al que podía observar desde el ojo de Yaveh. A su izquierda, había un balcón con ventanas de cristalera que también aparecía en el lienzo. Un día, quizá para no olvidar la operación que estaba llevando a cabo en la habitación contigua, y para recordarse a sí mismo en el vértigo de su creación, comenzó a pintar su imagen reflejada y descompuesta en los distintos cristales del balcón. Hasta que llegó un punto en que no supo si esta nueva imagen de sí mismo, este segundo fantasma, era su reflejo o una criatura concebida por la idea del reflejo, que más bien lo observaba desde el otro lado del cristal, que lo espiaba con desconfianza. Como si el P. observador y el P. pintor fuesen dos personas distintas. Como si cada uno pusiera en duda al otro o deseara saber quién poseía una mayor realidad, como si no pudieran compartir un mismo cuerpo o solo pudiesen coexistir en el vacío del cuadro.

Me gustaba mirar por el ojo de Yaveh en la noche, cuando el estudio estaba cerrado y solo quedaba iluminado por la luz de la luna que entraba por el balcón: las baldas repletas de tarros de cristal con pigmentos de colores que, ahora, en la noche, resultaban irreconocibles; vasos largos con gran variedad de pinceles y espátulas, bastidores, una mesa alta donde reposaba una paleta... Sobre el caballete, el cuadro en proceso sufría una nueva transformación. Ahora todos los fantasmas descansaban de su trabajo de estar vivos, de expresar y dar valor a la invisibilidad. La ventanita en forma de triángulo, el ojo, parecía provisto de párpados, que se confundían y cerraban con los míos, cansados, a punto de quedarse dormidos. No había riesgo de que los pinceles se ahogasen en el agua en la que permanecían a remojo: la misma boca del vaso bostezaba, invitando a estos a que se abandonaran a un fondo abisal lleno de promesas.

El patio del colegio de S. estaba casi enfrente de su casa. Por poco que aguzara la vista, desde la ventana del salón, su madre podía verlo correr o deambular por él con otros niños. Esta posibilidad, que él sabía que se producía en algún momento, cada día, lo mortificaba de tal manera que él cree que terminó por condicionar su personalidad.

Nada tenía que ver con sus sentimientos hacia ella, tampoco tenía grandes secretos que guardar, era el hecho de no saber en qué momento podía ser sorprendido realizando cualquier acto, por intrascendente que fuera, lo que le resultaba atormentador. Como si no hubiera jerarquías, ni grados en los asaltos, y por insustancial que este pareciera, no dejase de constituir un ataque.

Los profesores observaban a los niños durante los recreos, casi todos sus actos eran objeto de un control; sin embargo, era la mirada oculta tras una ventana la que lo torturaba, la invisibilidad que se reviste de poder. Fue a partir de esta mirada escondida, multiplicada en un juego de espejos, como modeló la secuencia de sus refugios.

Después de escuchar esta confesión, pienso en el panóptico digital en el que vivimos, en el que todo el mundo observa a todo el mundo, y en el que ya no podemos saber en qué momento el observador es el objeto observado. Como si la caja que contiene la trampa del ratón estuviera forrada de espejos y una sola porción de queso se multiplicara en sus brillantes paredes. La fascinación y el hambre son tan grandes que podemos llegar a olvidar quién ocupa el lugar del ratón o quién puso la trampa.

El estor está bajado hasta un punto en el que, de los vecinos, solo pueden verse la mitad de su figura, de la cintura hacia abajo. Como si estas personas demediadas pensaran que la ubicación de su intimidad se encuentra en sus brazos, en su pecho, su cuello y su cabeza, sede de los ojos. Deben pensar que desde el momento en el que no establecen contacto visual con sus vecinos dejan de estar, se invisibilizan. Como quien se hace el muerto en un juego.

Pero, ¿qué dicen tus caderas, tus piernas y tus pies en su deambular por la casa?

La cámara de cine de Bresson siguiendo los pies calzados por las aceras de una ciudad, las patas y las manos de los caballos, chapoteando en campos encharcados y en el barro, en un trote del que desaparecen las grupas y jinetes; movimiento separado del motor, como si le hubiera sido extirpado el corazón, o este nos hubiera sido escamoteado. El caminar seguro de un asesino frío que se acerca hacia su víctima en la noche, con sus zapatos relucientes como los charcos de las aceras. La vida contada a ras del suelo: nuestra relación con la gravedad, con la tierra en la que clavamos los tacones o los arrastramos, con el variable peso de nuestro cuerpo, un mismo cuerpo que unos días es ligero y otros días pesa como el plomo, que unos días domina todos los bailes y otros pierde el paso, tropezando consigo mismo.

Los vecinos partidos por la mitad, como si todo el cuarto piso de la casa de enfrente fuese la caja doble de un mago que los ha serrado por la cintura, y de la que solo viésemos una de las dos mitades…

L. sigue atentamente los movimientos de su vecina, de la que solo ve la cintura y las manos cuando está cerca de la ventana, en la que cocina. La veneciana de madera levantada solo a medias permite ver cómo pela una patata, cómo pica verduras en una tabla, a la que va y viene en operaciones que se terminan lejos de ese foco. Las manos, el cuchillo, el calabacín que va siendo seccionado en rodajas, lentamente, como si las manos se supieran observadas y esperasen una puntuación por la destreza de su trabajo. Y L. toma nota del nerviosismo, unos días, y de su calma, otros. Y cree saber mucho más de su vecina de lo que sabría si pudiera contemplarla íntegramente, obligado por la observación atenta de un fragmento de ella, en el que se habría concentrado todo su ser. Su imagen consciente, en la ventana de la que se sabe observada, y que todo dice con sus manos. A veces, esas manos se paran y se quedan sin hacer nada, en una pausa inexplicable, como si dijeran: estoy cansada o he perdido el hilo de lo que estaba haciendo; pero también, a veces, como si se estuvieran exponiendo en un acto de exhibicionismo en la que, de pronto, brilla el anillo de su mano.

La ventana de la vecina de L. se abre y se cierra como un gran párpado que aceptara más o menos luz. La ventana de L., en cambio, tiene cortinas y entre ellas, el fragmento de cristal desde el cual la observa recuerda a la pupila de un gato.

En los edificios de la calle hay todo un catálogo de formas, tan variado como el de los ojos humanos, más o menos redondeados, más o menos rasgados, dependiendo del hemisferio del mundo en el que son modelados. Vestidos, trajes y batas para las ventanas, para ver lo que quieren ver y preservar aquello que no se desea mostrar. Pero también, como si existiesen remedios simples para problemas simples y todo un muestrario de alta costura para la sofisticación de la mirada.

Pueblos del sur, en el que las esteras fijas, durante todo el verano, caen sobre los balcones, dejando solo la parte inferior ligeramente levantada para que entre aire. Nada que ver salvo la densa sombra que refresca el suelo de baldosas y convierte la habitación en una cueva. Sombras graduadas de los toldos del verano que acunan los interiores con la sabiduría de sus filtros.

Ver, entrever, con deseo, con disimulo, con descaro, con ambigüedad.

Alguien entreabre con un dedo dos láminas de una veneciana para mirar al exterior con un solo ojo, dejando que estas actúen como párpados. Alguien descorre ligeramente el extremo del visillo para mirar al exterior poniéndose de perfil.

Lecciones tempranas de un espionaje de ida y vuelta:

¡Apártate de la ventana! ¡Corre la cortina! ¡Apaga la luz! ¿Te han visto? ¿Qué has visto? ¿Está sola?

R. tenía que cerrar veintidós contraventanas para asegurar la casa, antes de salir de viaje, y había calculado el tiempo que le llevaba concluir la tarea. Aquellos dieciséis minutos contados eran la penitencia de final del verano. Cada contraventana que cerraba era un golpe en el corazón de la casa, que iba siendo invadida por la oscuridad.

Durante los días de las vacaciones que pasé en ella, algunas de las horas más placenteras eran las de la siesta, cuando todas las contraventanas estaban entornadas para filtrar la luz cegadora del sol. Las paredes rayadas de blanco y negro y la ligera brisa que entraba por las ranuras de madera se apoderaban de toda mi atención.

Qué experiencia tan distinta a la producida por las contraventanas de metal de la casa de la sierra. El calor concentrado en el hierro, y el mismo dibujo de líneas paralelas de las paredes, plegado varias veces como un biombo. Todo un espacio para la promesa: parecía que en ese mundo rayado de la luz y la sombra siempre podía suceder algo. Rodar por la cama era un ritual en el que el encuentro con las líneas de sombra rayaba también la piel desnuda produciendo una metamorfosis animal.

No hay nada más triste que cerrar las contraventanas de la casa de la que nunca te alejarías y que debes abandonar. Y no hay nada más alegre que abrir las contraventanas de la casa cerrada durante mucho tiempo, a la que llegamos cuando languidecía en la oscuridad, falta de aire, en la que, de pronto irrumpen la luz y el oxígeno que le devuelven la vida. Por más que desees introducir el color, la vida se presenta ante ti, una y otra vez, en blanco y negro.

El dolor extremo produce transformaciones extremas: los utensilios pueden cambiar de función, el tenedor sirve de pronto para hacer daño, el cuchillo para violentar una cerradura.

Después de haber vivido prisionera tanto tiempo, experta en el catálogo de la violencia, A. se sentía como alguien que ha vivido un incendio en el interior de su casa, y para quien la ventana debe ser una puerta, una vía de escape. Mientras contaba los minutos y las horas, necesitaba la seguridad de una ventana por la cual podía saltar a la calle en cualquier momento.

Al mismo tiempo, la ventana era la inesperada puerta por la que podía llegar el peligro, y ella sentía también esa aprensión, sobre todo durante la noche. Por más que la mantuviera cerrada, al quedarse dormida, alguien podía forzar el cierre, o romper el cristal e introducir la mano contorsionista del terror que abre la manilla y, finalmente, la ventana.

En todos los cuentos, hay un árbol que se convierte en la escalera de acceso a una ventana, siempre hay un héroe y un villano, siempre hay un peldaño amigo y siempre hay, también, una rama que se quiebra.

Lo había calculado muchas veces: una persona ágil podía trepar por el árbol, hasta el segundo piso, saltar a la terraza, y desde allí escalar fácilmente hasta la ventana, por los relieves del muro.

Durante el día, no pasaba mucho tiempo sin que se acercara a la ventana, para asegurarse de que la salida estaba ahí, como una posibilidad abierta.

Siempre hay un árbol para una ventana.

Hay ventanas que parecen llevar adheridas una escala. Ves subir el rosal trepador por la pared hasta el alféizar y allí detenerse, como si hubiera llegado a su destino. En cambio, la hiedra rodea la ventana, la deja intacta, como a veces se respetan algunos botines de guerra, la deja atrás en su camino ascendente. Incluso después de haber sido abandonada una casa mucho tiempo atrás, la hiedra apenas se atreve a cruzar el cristal de sus ventanas, como si temiera un regreso repentino que significaría la muerte de su obra maestra. Hasta que un día, la savia de la planta, que para entonces la ha auscultado hasta en sus más pequeños detalles y lo sabe todo de la casa, da la orden a una de las ramificaciones que, asomada al alféizar, esperaba pacientemente su oportunidad; decreta su entrada, le informa de que nada pasará, de que el cristal de la ventana no crujirá como la capa de hielo demasiado fina, bajo la pisada. Eso sucede en una casa, cerca del mar, en la que los huecos de las ventanas están invadidos también por la hiedra y que veo cada tarde cuando voy de paseo a los acantilados. La hiedra solo permite ver ya las huellas de los antiguos ojos cegados por una vegetación ciega también, que solo busca procrearse.

Las ventanas de la prisión convocan a las escalas, a las cuerdas y a las sábanas anudadas. Algunas veces, a mensajes que llegan atados a la pata de una paloma mensajera, otras, vuelan hacia un destino incierto.

Unica Zürn lanzaba mensajes desde la ventana del manicomio a los poetas que amaba, los enrollaba en hojas de papel y los hacía volar como pájaros. Estos emisarios alados les llevaban invitaciones a fiestas íntimas que se desarrollaban en su mente. Cuando la ventana estaba cerrada, inventaba otros buzones para sus cartas y la fe se encargaba de llevar esas misivas a tierras lejanas.

Desde las ventanas del colegio, los niños de otro tiempo lanzaban sus aviones de papel, con el único mensaje del vértigo. Durante un tiempo, siempre breve, y al mismo tiempo eterno, el avión planeaba, como el pájaro de la libertad, para, en un momento fatal e inevitable, perder combustible e ir a estrellarse contra el suelo del patio.

La palabra *fin* se escribe tantas veces en los juegos de la infancia, como una ventana que se cierra.

La isla de Shalott se encuentra en el centro del río que fluye hacia el castillo de Camelot, la morada del rey Arturo, y en la isla, una casa, rodeada de cuatro muros grises, jalonados por cuatro torres. Allí vive la dama de Shalott, prisionera de un hechizo y condenada a tejer sin cesar. Nadie la ha visto nunca. Tan solo las personas que navegan por el río escuchan su canto. La maldición impide que pueda dirigir su mirada hacia el castillo de Camelot, y teje día y noche su vestido mientras un espejo, situado junto a la ventana, le devuelve la imagen del mundo exterior. En el espejo ve a quienes van a la fiesta, a los que se dirigen al mercado o se encaminan a un entierro.

Como hizo E., cuando, víctima del hechizo de una enfermedad inmovilizadora, ya no podía levantarse de la cama, y colocó un espejo en la ventana de su habitación para ver el mar. El mar, que era un espejo en sí mismo. Un juego de espejos que convertía la ventana en un espacio meditativo ilimitado, en una especie de ventana razonada.

–Cuando pasa un barco me estremezco, como si viera a un fantasma, un amigo del pasado muerto.

Una rosa en un vaso en la mesilla y una parcela de mar en el espejo de la ventana era toda la vida que quería ver. Ningún amigo. Solo el teléfono, que utilizaba con cuentagotas, para dejar frases como esta: un epitafio flotante.

¿Cómo podía soportar la copia de un cuadro en movimiento, una falsificación? ¿No era ese falso cuadro como el escenario de una obra de teatro en la que se representase un encuentro en un jardín y fuese visible la tramoya? ¿No era como ver los émbolos, los flejes, las sargentas, la tornillería, los mecanismos que sujetaban los falsos árboles a la tarima de madera del escenario, como falsas raíces?

A veces la ventana se empañaba y el reflejo se convertía en una bruma que era anticipo de la bruma final en la que deseaba perderse.

El espejo de E. me recuerda un cuento de Kawabata en el que la mujer de un hombre enfermo, postrado en cama por la enfermedad y a quien cuida con un celo extremo, coloca un pequeño espejo en la ventana de su habitación y lo orienta hacia el huerto del jardín, donde cultiva verduras y hortalizas, para que, durante los escasos momentos que tiene que ausentarse de su lado, pueda verla trabajar en él y no se sienta solo.

El pequeño mar de E., delineado por el sencillo marco negro del espejo, multiplicaba su soledad, y me parecía el obituario de un antiguo periódico colgado en la ventana.

Un espejo que, multiplicando su poder, sumando fuerzas, nos lleva tan lejos como a una estrella, en el telescopio, un espejo que aleja o que acerca, como el microscopio.

Desde niño, E. jugó con los espejos. Con sus hermanos, construyó un periscopio para sus juegos de batallas navales, y el submarino que estaba debajo de la gran mesa del comedor. Estando solo, en un juego privado, orientaba el periscopio, situado entre el extremo del tablero de la mesa y el respaldo de una silla, cubierta por una manta y que hacía las veces de cuadro de mandos, hacia las distintas marinas que colgaban de las paredes del comedor y donde volvía a ver el mar y barcos con velas hinchadas de viento, y en los que las edades de los navíos se mezclaban con los temporales. Parece un cuento. Con el paso del tiempo, y como si el espejo de su última ventana pusiera un punto final al juego infantil, se ha convertido en un cuento.

Cuando yo miraba desde mi ventana el edificio donde vivía E., a última hora de la tarde, y el sol poniente se reflejaba en los cristales de sus ventanas y los incendiaba, veía otra clase de espejo que él no podía distinguir desde el interior y que lo cercaba, como si el sol hubiera terminado por prender fuego a su casa. El sol se ponía pero aún teñía las nubes de rojo, desde abajo, como las bombillas de un antiguo escenario de teatro, y el edificio dejaba de arder. Durante algunos minutos, la casa de E. parecía conmocionada, como si hubiese experimentado un desastre, como si la oscuridad hubiera puesto punto final a una guerra, y lo que ahora veía fuesen sus ruinas.

Cuando enciendo las lámparas por la noche, el cristal del ventanal se convierte en un inmenso espejo y la habitación se desdobla. En él me veo reflejada, junto con la biblioteca, duplicados las estanterías, los libros y las lámparas. La única diferencia es que allí, con el telón de fondo nocturno, la profundidad es mayor y con ella, la duda.

Miro con fascinación la biblioteca fantasma que el reflejo ha creado y pienso que quizá los libros del otro lado, contagiados por esa vida espectral, podrían estar escritos en un lenguaje diferente. Realmente, en ese espacio inaccesible para mi yo físico cabe todo lo que yo quiera que exista.

Puedo reconocer algunos lomos de los libros que me son tan familiares. En esta biblioteca, ¿qué podría haber escrito Marcel Proust sobre la memoria involuntaria, esa que se pone en marcha al tropezar con un adoquín o al llevarse a la boca un trozo de magdalena?

Todos los libros reflejados parecen reducirse a uno solo, y ese libro único, al poema único de la imposibilidad.

El cristal de la ventana se convierte en un espejo y el espejo está hecho de una superficie de azogue y cristal. Son como hermanos mellizos: cada uno ha crecido en su propio huevo, pero tan juntos que no pueden dejar de compartir algunos rasgos esenciales. Por muy lejos que estén el uno del otro, continúan comunicándose. Los contemplas, tan autosuficientes, cada uno en su pared, y te parece sentir el viaje de la nube que va del uno al otro, como si dudase en cuál de los dos cielos descargar.

En la fábrica, el futuro cristal de la ventana está disuelto en una gran cubeta. Tan parecido al agua es que esta recuerda a la pila de una fuente que fuese llenándose lentamente y que, justo antes de desbordarse, se rebanara con un alambre de acero. La capa del cristal líquido es tan fina que a su vez me hace pensar en las sábanas de agua que vemos por un momento en la arena de la playa, antes de la resaca.

En algún momento, el azogue vino a sumarse al cristal para crear una ilusión más duradera.

Clarice Lispector se preguntaba si el espejo no sería algo *nacido* más que *creado*, si en algún lugar no existirá algo así como «una mina de espejos».

Me siento cercana a esa idea porque cuando miro en el espejo, ya se reflejen en él los azulejos de un cuarto de baño o la cama de un cuarto de hotel, me parece sentir la profundidad de la cueva. Una cueva que no encuentra el final en la pared. Y un viaje que puedo o no puedo hacer, dependiendo de si me atrevo o no a mirarme en el espacio doble, o en el espacio intermedio. Habitar el espacio necesariamente deshabitado por mí, el espacio que dice a gritos no existir y que, sin embargo, existe. Y luego, verme donde estoy desde el lugar donde no estoy.

Creo que estoy contemplando el paisaje a través de la ventana cuando, de pronto, me descubro observando mi reflejo en el cristal. Ver el paisaje a través de mi cuerpo translúcido es una experiencia que acepto con gran naturalidad: el caballo que pasta en el prado, al otro lado de la ventana, lo hace también en la hierba de mi vestido. Si en mi interior pasta un caballo, mi estómago hace operaciones desconocidas hasta ahora para mí. Pronto, comenzarán las alucinaciones poéticas.

El niño se mira en un espejo de azogue tan terso como su piel. Estamos juntos en el pasado para viajar hacia el conocimiento profundo de su imagen.

En el espejo, el reflejo del niño contempla al niño con la misma claridad con la que el niño lo contempla a él. Los ojos de ambos son como bolas de cristal, esta vez de color negro, como los espejos de obsidiana en los que los antiguos mexicanos meditaban, en los que aprendían, en realidad, a perderse. La distancia queda abolida en el espejo, y el niño se pierde estando quieto, con su pasaporte en regla y con una brújula en la mano, con todo el mundo a sus pies.

¿Cómo puede ver el niño sus propios ojos, cómo puede ver los mismos ojos que le sirven para ver, con qué ojos?

Todos estos desdoblamientos, propios y ajenos, terminan por desquiciarme: es preciso que me mire en el espejo para asegurarme de que sigo aquí.

El filósofo dice que ni el sol ni la muerte pueden contemplarse con fijeza. El espejo me parece una mezcla de los dos. La locura aprobada, sancionada por los representantes de la salud.

El cristal de la ventana tiene la misión de proteger del frío y la lluvia, sin detener la luz, que resulta apenas cribada, porque el cristal imita al aire, es una ilusión creada por nosotros. Qué misión tan demente la de imitar aquello que se desea eliminar, el aire invisible.

Pero el cristal es una ilusión, y el polvo se deposita en él, en la imperceptible rugosidad de su superficie, en su engañosa perfección, y cuando se limpia, siempre queda una huella del trapo, los caminos del polvo restregado, el polvo que también llegó con la lluvia. Esa cosa incomprensible, llamada *polvo*, siempre hambrienta de sí misma, enamorada de sí misma, que acecha por igual la casa de los ricos y la casa de los pobres, y que solo puedes sorprender en un haz de luz, ensimismada en un baile circular, como si unas manos del tamaño de partículas atómicas la hicieran subir y bajar en un juego malabar, que termina en las mesas y en las estanterías y en los libros, y también en los cristales de las ventanas, después de haber caído con el peso de su propia hibris.

V. dejó de limpiar los cristales de las ventanas porque le asustaba su calidad de espejo. Como quien cubre los espejos para que no le devuelvan su imagen.

Asombrada por su propia transformación, había dejado que la anciana que se había apoderado de su reflejo se encontrase con un cristal envejecido también por la suciedad y el polvo.

C. se pasa el día delante de la ventana. No hace otra cosa. Forma parte del tratamiento que, al margen del oficial, él mismo se ha recetado. No como otros enfermos hambrientos de luz, que parecen lagartos de hospital, sino como si de la ventana fuera a llegar una información.

Primero se dedicó a descomponer los elementos del paisaje –la calle, los tres únicos árboles en sus alcorques, el aparcamiento, las farolas, la silueta de una montaña, a lo lejos–; luego los volvió a reunir y ahora ha empezado a buscar el paisaje que está oculto dentro del paisaje, como si quisiera llegar a una síntesis, o a un punto neurálgico, o al lugar donde se decreta que los coches vayan y vengan en determinado orden, que la luz de las farolas se encienda o el sol se ponga. También ensaya las biografías de quienes entran y salen por la entrada principal del hospital, con grandes trazos que dependen de los rastros de lágrimas, o de un insomnio seco, o de cómo llevan puestas las mascarillas: la parte superior casi rozando los ojos, a media nariz o con descarado descuido, solo cubriendo los labios. Como el retratista que hace esbozos a gran velocidad y nunca se equivoca en las líneas que definen un rostro, se entrena y se imagina a sí mismo abandonando el establecimiento.

Se da cuenta de que lleva mucho tiempo utilizando la ventana como un espejo. Como si en la ventana hubiese un interruptor, unas veces se ve reflejado en el cristal y otras, la mirada cambia de foco y comienza a ver lo que hay al otro lado del cristal. En ocasiones, se queda prendado de la manera como el paisaje se funde con su imagen reflejada en la ventana y que produce inesperados híbridos. Por ejemplo, la escalera de caracol del aparcamiento que hay frente a la ventana pasa a formar parte de su cuerpo, y a sostenerlo, como una extraña osamenta que en cualquier momento podría desaparecer.

Esta imagen le recuerda la última visita al especialista, antes de su ingreso en el hospital, y la radiografía en la pantalla, sus huesos expuestos en la ventana de luz blanca, descarnados y rodeados de una densa niebla, como si flotasen sin peso en el espacio.

La ventana del hospital le ayuda a experimentar distintas terapias con su cuerpo. Unas veces, la realidad exterior, que invade su imagen reflejada, viene a sustituir a la enfermedad y es sanadora; otras, le gustaría recuperar su identidad, *ser él* más tiempo.

Una imagen que me viene muchas veces a la cabeza: Beckett reunido con personas habladoras.

Siempre hay alguien que habla mucho para que él pueda callar cómodamente. Se reúne con otros mudos pero se asegura de que siempre haya personas que hablen mucho por él y para él. Cuánta diferencia entre estar solo y estar acompañado. Cuánta diferencia entre poder seguir solo, con tu silencio, mientras tu acompañante se expresa.

Al recordarlo, como se recuerda a un hermano que ha elegido vivir en otro país, pero al que te sientes tan unido, he pensado en las ventanas.

Creo que con ellas sucede algo parecido. Apruebas la compañía que te procuran y que preserva tu soledad más profunda.

He aquí un eslogan publicitario: estando solo, si tienes una ventana siempre estás acompañado.

Habría tal vez que aclarar si se trata de esa clase de compañía que proporcionan una manta o una taza de café.

Qué lenguaje desata en mi lengua el recuerdo de Beckett, sin necesidad de releer sus libros. Su mero recuerdo.

Miras por la ventana, sin necesidad de mirar, con derecho a hacerlo distraídamente, a no prestar atención a lo que sucede en el exterior y que sin embargo sucede al margen de ti. Te gusta que suceda. En realidad necesitas que suceda para poder ausentarse del suceso.

Me gusta y me disgusta constatar de qué modo la compañía de la ventana saca durante un tiempo lo mejor y lo peor de mí, y lo convierte en un juego con la distancia, sin que pueda saber, en este reparto de las aspiraciones positivas y negativas, qué parte se llevan la cercanía o la lejanía.

Pero estoy en la habitación del hotel, junto a la ventana, y el edificio histórico que han colocado como reclamo en los folletos publicitarios del establecimiento y que puedo ver parcialmente desde el sillón me ofrece una compañía ideal para esta reflexión de un solo día. No durará más que esta experiencia y el recuerdo de Beckett, reunido con Blaise Cendrars y Omar Sharif, en un restaurante de París, un día a la semana, en el que es el actor el único que habla.

Me levanto para ver la torre en toda su altura y me hace pensar en alguien que anda estando quieto.

Un personaje de Beckett decía avanzar sin dar un paso al frente, como el viejo bailaor Farruco daba una lección magistral a su nieto, sin necesidad de ponerse en pie: tú échate a volar, pero no te muevas.

De qué manera los árboles que están frente a la ventana hacen exactamente eso por el mero hecho de encontrarse frente a la ventana, dotados de un anhelo de movimiento pero enraizados, al igual que la visión.

Un árbol frente a la ventana, un bosque frente a la ventana.

A veces, mientras mantienes la mirada en el ordenador, tienes la sospecha de que dan pequeños pasos hacia la casa. Si te giras de improviso, te darás cuenta de que algo ha cambiado, casi imperceptiblemente, algo se ha movido de sitio. Como en aquel juego infantil en el que un niño debía ponerse de cara a la pared y contar: *una, dos y tres, al escondite inglés*. Juegas al escondite con el árbol y cuentas muy despacio, alargando el dos para asestar el tres de golpe.

Llevas mucho tiempo hablándome de la mesa coja. Los libros se mantienen inmóviles, pero la taza de café muchas veces se desborda cuando depositas algo sobre el tablero, no ya con un peso excesivo, sino ante el menor roce: un simple libro, dejado a la ligera, puede inclinar la mesa hacia una de sus esquinas.

Podría calzarse como una bota de tacón más alto, pero no lo arreglas, dejas que la mesa siga coja, mostrando su defecto cada día como una penitencia.

Mientras tú me hablas de la mesa coja yo miro la ventana que cierra mal y que es otra clase de inválida. Y en las muchas enfermedades de las ventanas, las de los marcos de madera hinchada por la humedad, las de la pintura levantada por tramos, estriadas y llenas de escamas, las afectadas por la carcoma y, entre las más antiguas de hierro, las oxidadas, y veo los hongos que avanzan por cualquier material, cerca del mar. Pero sobre todo recuerdo las ventanas enloquecidas por el viento, que crujen y se baten contra los marcos, las ventanas de los ojos desencajados. Y una sobre todas las demás: aquella que perdió definitivamente la razón porque se había creado un enorme avispero bajo el alero del tejado, justo encima, coronándola, y no podía abrirse nunca, mientras las avispas no dejaban de recrecer su labor. Dejar las cosas como están. Porque así es y así debe ser. La pata coja, la ventana cerrada.

Cuando J. mira la fachada de un edificio de oficinas, a pesar de la actividad de hormiguero que supuestamente se lleva a cabo en su interior, ve la sucesión de nichos de un cementerio de cristal.

Las ventanas han quedado selladas y el aire de las oficinas circula por tuberías y corrientes interiores; es succionado y enviado de vuelta al exterior, como un organismo en coma, conectado a un aparato de respiración asistida.

Los cristales de las ventanas han borrado para siempre los ojos del edificio, multiplicándolos de forma inexpresiva, sin secreto alguno que guardar.

Frente al edificio de ladrillo y ventanas de cristal, por el contrario, cada ventana tiene un nombre propio. Bien lo sabe quien sostiene los prismáticos y los dirige, piso por piso, de izquierda a derecha y de derecha a izquierda, de manera ascendente, barriéndolos, en un ejercicio de ronda. Incluso la ventana del cuarto, siempre entornada, a la que nunca se asoma nadie, y que dice algo invariablemente desoído, tiene un nombre. Incluso la ventana de la habitación contigua, siempre cerrada, a la que J. ha llamado «la amortajada».

J. es un nómada. Los que no pueden establecerse en ningún lugar durante mucho tiempo prestan una atención máxima a las ventanas.

Al igual que, en un mismo clima, una persona siente calor y otra frío, y la persona que tirita no puede entender a quien lleva una prenda ligera de ropa en pleno invierno, el que vaga sin domicilio fijo se pregunta por los sentimientos del sedentario, que no puede compartir; se pregunta por lo que siente alguien que tiene una casa a la que volver, y, cuando viaja, las flores en una ventana le gustan y lo desconciertan. Le gusta la diferencia, pero se siente atrapado ante la imagen de una ventana abierta, como si fuera un montaje cuidadosamente preparado que promete la libertad.

En su deambular por el pequeño pueblo nórdico, S. se detiene ante las casas bajas con ventanas en cuyos alféizares interiores se acostumbra a colocar algunos objetos.

La primera impresión es de que se trata de objetos ornamentales o decorativos, colocados ahí para agradar la vista del paseante. Pero, tan pronto se ahonda en ellos, se diría que explican no solo qué es tener una casa propia, sino cómo esta se habita, y quiénes viven en un interior que, de alguna manera, permiten vislumbrar.

El alféizar, del ancho grosor del muro, al final del cual cuelgan visillos o cortinas, se convierte en un inesperado vestíbulo de la casa y en un pequeño escenario, una maqueta cuya misión no parece tanto adornar como informar sobre su interior.

Es verdad que el adorno dice mucho de la persona que lo elige, pero más que alféizares adornados, S. cree encontrarse ante una sucesión de alféizares parlantes, susurrantes en la mayoría de las ocasiones, en los que se ensalzan los valores de la casa invisible, como en una obra teatral.

En cada superficie puede haber una maceta con una planta de interior, unos libros, una figurita de porcelana o dos, una talla de madera... S. descubre una casa en la que, sobre una mecedora de juguete, hay una manta diminuta. Como si el morador o la moradora de la casa le estuviera diciendo: aquí vivimos con lentitud, con una divina parsimonia; si entras en ella, procura no romper este encantamiento. Y, como resultado, S. mide el ruido de sus pisadas sobre la acera.

En los alféizares se encuentra un variado catálogo de libros, más o menos ordenados: algunos en pequeñas pilas, otros en forma de ramillete; algunos vuelven a tomar la voz para decir: en esta casa se aman los libros; y en otras, se va un poco más allá y se muestra el gusto lector, la sensibilidad que fluctúa entre libros de poesía antigua y novelas de detectives.

Orquídeas, porcelanas, libros... parecen mensajes cifrados hacia el exterior, códigos conocidos por los miembros de una misma comunidad. Al igual que, en el pasado, las mujeres se comunicaban con sus amantes por medio de un abanico, más o menos abierto, que cubría parcelas del rostro, y con el que enviaban una colección de mensajes, como morse sensual o dulcísimo golpeado en la mano o en el mentón. Muchas veces, como si el abanico en sí fuera una ventana provista de cortina, las mujeres se asomaban a saludar o se retiraban a la penumbra de su intimidad.

Lo que S. ve es un interior que habla por medio del escaparate que el muro ha puesto a su servicio, un escaparate en el que nada se vende, y la intimidad eleva una pequeña ofrenda al paseante, a quien camina bajo la lluvia o en el calor riguroso de un día de verano. Quizá pone un umbral para sus ojos, les hace sitio, les propone un pequeño refugio, un alero invertido, una escala en el camino.

Pero quién sabe en realidad si el alféizar es o puede ser algo más que ese espacio de acogida transitorio para los ojos y lo que el paseante ve es la escenificación de un reclamo. Como el pájaro en la exquisita jaula de bambú, colgado en la ventana del cuento, tenía la misión de avisar del encierro en el que vivía una mujer en su interior.

Una vez, cuando paseaba por la orilla de un cuento, S. escuchó un dúo formado por los trinos de un pájaro y la voz de una mujer. Y no podía distinguir si el silbo llevaba la melodía o era la voz del pájaro la que definía el camino seguido por las notas.

En el alféizar de una de las casas, donde hay varios libros, S. puede leer, en el lomo de uno de los ejemplares, el nombre de uno de sus escritores preferidos, Julien Gracq, y se queda paralizado.

Por un instante piensa que debería llamar al interior de la vivienda en la que vivirá su hermano gemelo, del que fue separado al nacer.

¿Quién coloca un libro de Julien Gracq en el alféizar de una ventana? ¿Qué respuesta puede darle un viandante que se dirige a la cercana iglesia para visitar un reloj legendario y, que, sin poder evitarlo, pierde el paso frente a él? ¿Una nota por debajo de la puerta?

Casi todos los libros de Gracq tienen como tema de fondo una espera, una gran extensión de tiempo dilatado. Ese tema que tanto interesa a S. y sobre el cual le gusta leer, aunque en su caso, él salga al encuentro de las cosas, como un cazador innato.

Pero en esta ocasión, Gracq no se queda esperando junto a la ventana y se sube a una barca para escribir un libro breve, de apenas un centenar de páginas, que despliega sin embargo un pasado larguísimo, en forma de río; tan extenso, que el pasado alcanza al futuro: un paseo en barca en el que es la propia agua del río la que parece llevar el timón.

Y todas estas ideas, comprimidas, palpitan en esa ventana, y parecen ponerle piedras de emoción en los bolsillos de la chaqueta, anclarlo junto a ella, pero van a dar las doce, y el mecanismo legendario del reloj de la iglesia está a punto de ponerse en marcha, y no volverá a hacerlo hasta el día siguiente, a la misma hora, cuando él ya no estará allí, y S. corre al encuentro de la sofisticada maquinaria y de sus protagonistas de madera policromada, como luego correrá a la estación para subirse al tren que lo llevará de vuelta a la ciudad y a una cita amorosa.

Y, sin embargo, ahora que repasa este y otros viajes, en la silla de la que no puede moverse, junto a la ventana, mientras alterna la visión de las fotografías con la del tráfico, con la que se enjuaga los ojos, más que el gran reloj o el anhelo de un encuentro muchas veces postergado, recuerda sobre todo el alféizar de aquella ventana, en el que, junto a otros libros escritos en un idioma desconocido, el libro de Gracq era una traducción a su propia lengua.

Existe otro alféizar interior, de belleza detestable, embaucadora, el escaparate del comercio, concebido desde su origen para captar la atención del paseante.

Adornado con las bellezas de las estaciones: la nieve del invierno, las hojas del otoño, las flores de la primavera y las sombrillas bajo el sol del verano. Objetos que se combinan con la versión artificial de estas manifestaciones y como extensión del bienestar que provocan: abrigos, zapatos de campo o de fiesta, prendas para que el agua resbale o para hundirse en ella.

En ese doble espacio, dividido por un cristal, se produce raras veces, de manera azarosa, el encuentro eléctrico entre la mirada de quien posee el objeto en venta y la mirada de quien lo desea, un cortocircuito.

Levanta M. la mirada, desde la calle, después de haber estado posada largo tiempo sobre el pañuelo, como si hubiera deseado algo prohibido y hubiese sido sorprendida mientras cometía una falta, como si en el pañuelo se cifrara un deseo necesariamente oscuro, quizá por el mero hecho de tener un precio.

También la mirada codiciosa del vendedor se aparta con veloz disimulo, porque el interés de la transacción ha sido desvelado, y la caja registradora de su ojo brillante ha emitido un destello. A cada lado del escaparate se ha levantado una emoción que se ha ido a estrellar en el cristal.

Son estas ventanas impracticables, que al mismo tiempo avivan el deseo y lo frustran, como un interruptor del adentro y el afuera reversible, que activara el espejismo de la posesión.

Un niño mira una tarta en el escaparate de una pastelería y las bandejas de cristal entran y salen mágicamente llevadas por unas ventanas giratorias que han sido puestas en marcha por el poder de la mirada y el deseo. Mientras esté en la calle, a un lado del escaparate, cualquier niño, tenga una moneda o un agujero en el bolsillo, será siempre un niño pobre que ambiciona un bien inalcanzable.

Hace muchos años, viví frente a un antiguo convento de clausura, cuyas monjas vendían huevos y algunos productos de repostería. Cada cierto tiempo, cruzaba la calle y llamaba al timbre que estaba junto al torno de madera, en un pequeño vestíbulo, y esperaba a escuchar el familiar sonido de pasos. Después, como si celebrásemos un ritual, la voz cavernosa de la hermana tornera me daba la bienvenida, yo devolvía el saludo y hacía mi pedido. Por un extraño conjuro no podíamos vernos, y parecíamos afectadas por una ceguera parcial y transitoria; en realidad, era la ventana giratoria la que tenía los ojos vendados.

Al cabo de un tiempo, los huevos aparecían en la bandeja del torno como por arte de magia.

Recuerdo también la ventana que se abría en el comedor de la casa de R., que comunicaba este espacio de la segunda planta con la cocina, por medio de un montaplatos. Cada vez que la pequeña ventana de guillotina se levantaba, el bodegón vivo había cambiado, y una sopera era sustituida por una bandeja con pescado o un frutero. El paisaje ascendente tenía siempre un elemento festivo, de emoción recién estrenada. Y pensaba en lo distinta que sería la ventana del piso bajo, cuando, cargada con los platos sucios, se abría a las raspas del pescado o a las mondas de la fruta.

Como en las ventanas de los magos, en las que aparecen y desaparecen cosas, que vuelven a aparecer en escena, transformadas. Para alguien que habitaba en la cocina ¿qué pasaba durante ese tiempo en el que la fuente se encontraba en la planta alta, y que luego descendía convertida en un banquete de gatos?

Los magos mueren con sus secretos, nadie te explicará nunca cómo se operan la desaparición o la metamorfosis, pero sospechas que la residencia del misterio es un torno de ventanas ciegas.

Niños pobres que miran las ventanas de los niños ricos con envidia pero también con curiosidad e ilusión, como si con algún reflejo les llegara parte del paraíso que imaginan tras los cristales. Antiguamente, un mapamundi en una estantería con libros; hoy, el perfil de un ordenador de última generación. Niños ricos que miran por sus ventanas hacia lo diferente.

Todos tenemos hambre de vida ajena, curiosidad que es deseo de pastel, y que saciamos a través de las ventanas.

Tras la guerra, muchas de las casas que rodeaban la casa antigua de R., dañadas por el abandono y el pillaje, fueron convirtiéndose en ruinas, y alrededor de estas, durante algún tiempo, crecieron multitud de construcciones precarias que terminaron también por desaparecer y ser sustituidas por nuevos edificios.

En el curso de algunos años, R. espió por la ventana, tras los visillos, la vida de esta urbanización surgida de la necesidad: quién entraba y quién salía de las casitas, lo que hacían a la luz de la lámpara en la noche; y sobre todo, los días de fiesta de insuperable alegría. La niña rica miraba cómo bailaban y cómo se jaleaban los unos a los otros, y escuchaba una música desconocida que contenía una magia equiparable a la del fuego. En lo alto de una de estas construcciones, que parecía una torre de Babel en miniatura, a punto de desmoronarse, había un palomar. Las pequeñas ventanas por las que entraban y salían las palomas eran el objeto más envidiado de la vida profundamente desigual del barrio.

–¿Por qué tienen palomas? ¿Llevan mensajes?

R. preguntaba a sus padres por la presencia de esas palomas.

–Las adiestran. Las educan para que vuelen lejos y regresen siempre al palomar. A veces pueden alejarse centenares de kilómetros, pero siempre vuelven.

Pero ¿adónde iban y para qué? ¿En qué punto las palomas deciden que han llegado a un destino y regresan? ¿Un destino en mitad del aire? Las palomas cruzaron líneas enemigas con sus mensajes atados a una pata durante la guerra, formaban parte del ejército, como soldados alados.

–Las crían por placer.

De modo que, en la casa donde se bailaba y se cantaba, también existía un placer desconocido que consistía en enviar a las palomas lejos de ella, y que volvieran.

Despedirlas en la azotea y recibirlas de regreso. El padre de la familia se pasaba el día en el modesto aviario y, al recordarlo muchos años más tarde, R. lo equiparaba al rey Odín, que, cada mañana enviaba a sus dos cuervos a recorrer su vasto reino, para que, al regresar cada noche, le dieran noticia de todo lo acontecido.

Las palomas debían de traerle noticias inaudibles de los lugares lejanos a los que no podía viajar, la sensación de las alturas que tampoco podía alcanzar.

R. miraba por la ventana a las ventanas más pobres, y siempre encontraba un motivo para salir de su cuarto y abandonarse a la vida de otros.

Años más tarde, en nuestras conversaciones en su habitación, me señalaba desde la ventana el lugar en el que estuvo el palomar. Primero desaparecieron las palomas, después desaparecieron las personas que habitaban las casitas, y por último desaparecieron el falso castillo y el burgo de cartón. Luego vinieron las excavadoras, los cimientos, las estructuras de hormigón, los pisos, con sus múltiples ventanas y, a partir de entonces, tuvo que proteger la suya, que abría en verano y cerraba en invierno, de las miradas codiciosas de los vecinos que se apoderaban de su jardín con los ojos y subían por las ramas de los árboles hasta su ventana.

De viaje, visito un antiguo columbario romano. Veo ventanas, nichos para muertos que son ventanas. Unas sobre otras conforman un edificio de pisos moderno, en el que, esculpidos en piedra, los patricios quedaron asomados a sus ventanas para siempre. Tras su efigie, como si, haciendo sombra a su realidad, ellos mismos ocultaran la muerte, están las urnas que contienen sus cenizas.

El nombre de *columbario* es una herencia de la paloma, por su gran parecido con un palomar. Este columbario que custodia la muerte es un palomar sellado en el que ya no entrarán ni saldrán palomas.

Envío una fotografía a R. y, por la noche, me contesta:

–¿Dónde están las palomas del pasado?

Desde la cama del hotel, vuelvo a pensar en el mago que hace aparecer palomas en su espectáculo. Cajas con ventanas de guillotina, tornos y espejos. Quién sabe lo que estamos viendo, con tanto abrir y cerrar de ojos: la paloma blanca que bate sus alas en el escenario negro, bajo un foco de luz blanquísima, de quirófano, nos hace parpadear. Tan pronto parece celebrarse un juicio sumario como estamos asistiendo a una disección sin cadáver: la ventana se abre y se cierra, la paloma aparece y desaparece, la vida y la muerte se turnan sin llegar a rozarse.

L. me cuenta la impresión que le produjo la muerte de su abuelo contemplada a través de la pequeña ventana que se abría en la cabecera de su féretro: la persona a quien tanto había querido reducida al rostro de cera que veía a través de una abertura sellada con cristal. Como tantas veces sucede, la muerte desata una risa nerviosa, la imaginación se sacude la tragedia y da rienda suelta a la extravagancia y al absurdo.

Bloqueado para llorar o para decir una sola palabra, el féretro se transformó para L. en un garito de juego y perdición, y la tapa, en una puerta, en la cual, al llamar, se descorría una generosa mirilla. Los ojos que aparecían al otro lado pertenecían al guardián oscuro del antro que pedía una contraseña. Y L. empezó a fantasear sobre qué palabra o qué frase podría darle acceso al interior del féretro, que se representó como una amplia habitación en la que cabían muchas más personas: ¿Atlante? ¿Dientes de leche? ¿Una cifra?

Por la noche soñó con las ventanas de guillotina de las atarjeas que distribuían el agua del riego, en el jardín de su abuelo, ¿o eran puertas?

Los féretros de M. siempre estuvieron cerrados. Nunca conoció a sus muertos con su rostro de muertos. Hoy, una vez más, en el tanatorio, ante un catafalco y un féretro sellado, también M. cede a una fantasía que es fruto de su desesperación. Y piensa en las casas abandonadas que intentan detener la ruina cegando sus ventanas, y en la dolorosa imagen de ladrillos que cubren los huecos donde antes había luz.

Una vez, en el curso de un paseo, encontró una casa que había perdido el tejado y en cuyo interior había arraigado una higuera. Una de sus ramas había conseguido introducirse por el pequeño hueco abierto entre dos ladrillos y había terminado por salir al exterior. Parecía el brazo de una prisionera que gritaba desde la celda de una cárcel. Y en el velatorio, ante el féretro cerrado, que poco después ardería en la incineradora, deseó ver una pequeña ventana. Recordó a la hermana del Señor de Usher, víctima de la catalepsia, enterrada viva porque en todo era igual a una muerta.

No era solo esta remota posibilidad –un error de diagnóstico que los protocolos hospitalarios habían casi invalidado– la que se aparecía ante ella, sino la promesa de cualquier señal, un testamento cifrado en el rostro de cera del muerto, un mensaje que solo podía venir de una imagen oculta.

Algunas sensibilidades piensan: si la casa del cuerpo ha sido abandonada, cerrad puertas y ventanas para que su alma no tenga la tentación de volver. Otras, dicen: tomaos vuestro tiempo, vivos y muertos, para hacer las paces, vuestros ojos abiertos y vuestros ojos cerrados.

Ventanas sin cristal, cuencas vacías de la calavera.

P. me recuerda el verso de un antiguo poema de autor anónimo: «El Universo es una casa sin paredes».

El Universo sería entonces un espacio todoabarcador, en el que no habría un adentro y un afuera definidos, como el que parece decir la ventana, ni siquiera un lado y otro lado. Si el universo no sabe nada de ventanas, quizá sea porque el espacio no es sino una ventana continua.

Quizá, al igual que contamos el tiempo y lo parcelamos, contamos la vida en ventanas, como días y años de un calendario. Ventanas y precipicios, patios, plazuelas tranquilas, bosques y prados a los que se han asomado.

Yo viví en una casa junto al mar, pegada a una ventana, en permanente meditación. El mar parecía el espejo ideal en el que cabía el mundo.

Luego vino la ventana frente a la montaña. Al mirarla, tantas veces pensaba en la visión de Hildegarda von Bingen: una montaña llena de ventanitas por las que asomaban las cabezas de numerosas personas. Lo cierto es que, frente a mi ventana, la montaña y el verde casi continuo, hasta llegar a las rocas que la coronaban, parecían solicitar esas ventanas a plena luz del día.

Hay una especie de ansiedad en las paredes más recalcitrantes, a veces, hasta en el mismo suelo, un deseo de abrir ventanas: ventanas por todas partes, un carrusel de ventanas.

Que la tierra es un palacio con vistas al cielo y que el cielo es un palacio con vistas a la tierra, leí en un libro de poesía antigua africana.

¿Dónde estarán esas ventanas? ¿Dónde comienzan y dónde acaban?

Me acuerdo de nuestra gata F., que dormía en el fino marco de la ventana, como si este fuera un cómodo alféizar, la mitad del cuerpo, en el lado del jardín, y la otra mitad, en el interior de la casa. ¿Cómo podía acomodar las patas para que el peso del cuerpo se repartiera en una línea? Al igual que las jóvenes gimnastas en la barra de equilibrio, desde el fiel del mundo, con los ojos cerrados, F., gran cazadora, acechaba a los pájaros que podían posarse en la rama de un árbol. Despierta y dormida a la vez, como el delfín que sigue nadando mientras duerme, vigilante, la mitad de su cerebro cuida de que la otra mitad descanse.

En el larguísimo viaje alrededor de su cuarto, De Maistre también utilizó el alféizar de la ventana como silla de montar y, con la mitad de su cuerpo en el interior de la casa y la otra mitad colgando hacia el exterior, exploró el espacio, como a lomos de un caballo demediado, una mitad clavada en tierra, y la otra, capaz de volar hacia las estrellas.

L. hacía lo mismo de niño, jugaba a ser fiel de una balanza, apostaba su vida al límite de la estabilidad, la mitad del zapato en el límite de la acera y la otra sobre el abismo del asfalto. El lomo de la ventana, que montaba sin arnés, estaba más cerca de un miedo que deseaba domesticar.

Bien sabes que, reclinado sobre el borde de una barca, puedes meter la mano en el agua. Solo hasta la muñeca, jamás debes ir más allá. Si te inclinas un poco más y te confías, el mal que habita en las profundidades del lago –un mal hecho a tu medida, una calamidad que te anda buscando desde la cuna–, te arrastrará hasta el fondo.

Ese mismo mal se encuentra en el aire de la ventana alta. Hay un diccionario fijado en el quicio, un reducido glosario de traducción de los idiomas *Adentro* y *Afuera*. Y hay un verbo, *defenestrar*, *defenestrarse*, que se origina en la ventana misma, para aquellos que forcejean con su asesino, por instantes dentro y fuera del marco, y finalmente son arrojados al vacío, o para aquellos que se arrojan a sí mismos, quizá arrastrados por el mismo mal de la ventana alta, por la fuerza irresistible de su idioma y de su imposible traducción.

La ventanilla del avión no comunica el menor vértigo, o quizá solo transmita el vértigo de la irrealidad, un aturdimiento veloz cuyo único peligro reside en creer en la altura a la que te has elevado; de alguna manera, en tomar posesión de ella. Por esa ventanilla nunca podrías caer al vacío. Apoyas la frente en el último de los paneles de resina, siempre frío, y lo haces como al colocar la mano en la más segura de las balaustradas.

Recuerdo aquel viaje iniciático de los largos vuelos insomnes, en que entré del día a la noche como a través de un túnel que abrazase el espacio entero. Me recordó a los viajes infantiles en coche por la meseta, en los que de pronto te introducías en una nube negra y empezaba a llover. La nube de la infancia era casi una atracción de feria, más duradera que los baches, pero también vertiginosa.

El paisaje de montañas areniscas, contemplado desde la ventanilla del avión y ablandado por la altura, se contagió de oscuridad, como de una enfermedad de la tierra.

Yo sabía que en aquellas montañas aparentemente desiertas se refugiaban multitud de soldados de una guerra que, amortiguada solo en los grandes titulares de los periódicos, continuaba de manera callada, firme en su resolución de desgaste, y que, a esa hora, quizá se estaría preparando alguna escaramuza que se desarrollaría al día siguiente.

Pero el paisaje estaba desierto, yo arrastraba todavía partículas de luz que no había podido sacudirme del todo, si no de los ojos, sí de la cabeza, y pensaba que quizá aquel brillo momentáneo era un pequeño oasis, o un simple cubo de agua que, en medio de aquella extrema atención, había sido capaz de vislumbrar con ojos nuevos, ojos cada vez más poderosos, según avanzaba en la oscuridad, una oscuridad de naturaleza sonámbula, como si no se hubiera realizado del todo o no terminara de creerse a sí misma, como mis ideas, que perdían entidad, como yo, como yo en un avión que no se desplazaba, que no estaba en ninguna parte.

A J. le hubiera gustado ser piloto de avión, solo para transportarse a sí mismo. Él es un nómada, un caminante que, para seguir andando y conquistando territorios, debe tomar aviones que lo desplacen de un continente a otro.

Los libros son a veces ventanas sobre un paisaje muy pequeño visto a vuelo de pájaro, desde la ventanilla de un avión. Como Ariosto ve Europa, gracias a los mapas, y hace que sus héroes salten de un país a otro de una zancada, o salven a nado el estrecho de Gibraltar, como si fuera un insignificante pilón. Los países se extienden como motivos de una alfombra que, sin embargo, conservasen intactas sus medidas, vistos desde la altura que concede el ojo creador.

El ojo de buey del barco, por el contrario, te acerca al mar de tal forma que te enseña no a nadar sino a ahogarte en él.

–Sería más justo llamarlo «ojo de mar», me dice J.

El ojo se diluye en un mar de ojos. Todos los barcos son potenciales barcos hundidos, todos los ojos de buey encuentran su cementerio en el agua de mar. Quienes hemos contemplado tanto el mar hemos perdido todas las palabras en él.

Todavía, en un esfuerzo final, vemos el mar como un lagrimal desbordado por el llanto, un lagrimal que hubiera perdido su forma y su función por un exceso de caudal. Mar, ventana, azogue… son una misma cosa.

–Íbamos en el tren en un día de calor insoportable, me cuenta D. Eran los tiempos en los que no se había institucionalizado el aire acondicionado y todavía las ventanillas se podían subir y bajar, después de encontrar un consenso con los vecinos de viaje. La ventanilla estaba levantada, hasta que entró un hombre muy corpulento y de mirada hosca en el vagón. Iba sucio y con la ropa desaliñada. Subió una bolsa al portamaletas y, sin consultar a nadie, bajó la ventana. Todos nos miramos, íbamos a protestar, cuando el hombre, sin necesidad de mirarnos, precisamente en la forma de no hacerlo, sin necesidad de rehuir la mirada, y sin palabras, nos dijo: os puedo aplastar en un momento, me da igual cuántos seáis, el control de la ventana es mío. Nos callamos y, con una pesadumbre invencible, viajamos en silencio hasta que nos bajamos en la última estación. Nadie hizo el menor comentario, solo el malestar se transmitía en nuestra manera de permanecer en la misma página del libro, en la incomprensión de nuestra parálisis, y todavía hoy, cuando me estoy despidiendo de la vida, me acuerdo de lo que no dije y me parece que esas palabras han condicionado toda mi existencia.

La ventanilla del tren arrastra el paisaje, inclina los árboles por la velocidad que imprime a su paso, crea viento donde no lo había, y lleva su telegrama urgente en el buzón de la boca. Cuando se para en una estación, puedes escuchar su jadeo eléctrico y su extrañeza ante cada lugar que nunca es el definitivo. La ventanilla nunca toca fondo.

Campos de algodón, campos de trigo, campos de chabolas, infinitos ensayos de casas frustradas, todavía más tambaleantes desde la ventanilla del tren. Alguien levanta una cortina que hace las veces de puerta y el movimiento, captado desde la ventanilla del tren, es el fotograma de un antiguo rollo de película que se corta en ese gesto. También la película que contenía la conversación entre dos ancianos ataviados con turbante, y la de la niña que llevaba un cubo de agua en una mano y a un niño casi tan pequeño como el cubo en la otra.

Más tarde, desde el mismo tren, que ha hecho un alto, ves la casita con la ropa tendida, repasas las prendas que cuelgan como si contaras pájaros en un tendal, reparas en los pañales, sientes la presencia caliente de un recién nacido, y te estremeces, mientras la máquina abandona la estación lentamente, con su fatiga todavía perceptible, pero dispuesta a entrar de nuevo en la carrera que impulsan los raíles. Y el bebé llora dentro de ti porque el tren, la crueldad infinita del tren, te arranca de lo que es tuyo y solo tuyo: ese instante eterno.

La ventanilla del coche entra y sale de un paisaje que no se deja contemplar, como los meandros de un río, y, sin embargo, se acerca más al pie humano que trazó los caminos. Vayamos más despacio, demos tiempo a que el maizal de un lado de la carretera dialogue con el maizal del otro, mientras atravesamos por un momento el laberinto de altísimas plantas, mazorcas en crecimiento, palpitantes, todavía ocultas por el abrazo de las hojas. Y luego, recibamos al río, en la siguiente curva, y agradezcamos al puente que nos permita cruzarlo. Y demos gracias al muro de piedra que deja ver la mitad alta de un jardín e imaginar la parte invisible. Coloquémonos en el lugar de los moradores de la casa, y demos gracias también al muro que preserva su intimidad, antes de llamar a la puerta y que se abra el portón.

–Nunca olvidaré la noche en que tuve que conducir desde la ciudad a la casa de la montaña, atravesando el bosque de W. Pensé que mis ojos se acostumbrarían a la oscuridad y que los faros harían el resto. Era un día de luna nueva. La oscuridad iba intensificándose pero conseguía ir acomodándome al negro. Apenas quedaba rastro de la nieve. Cada pequeño cúmulo, junto a la carretera, equivalía a una presencia. Mientras conducía, iba escuchando el concierto *Emperador* de Beethoven. Hubo un momento en que la entrada del piano, en el adagio del segundo movimiento, me hizo llorar. Siempre me ha emocionado este pasaje y pensé que, una vez más, la música había entrado en mí por una puerta escondida, como hace a veces, sin que yo pueda saber cuándo o dónde sucederá. Hasta que me di cuenta de que me costaba respirar, de que la música no había sino intensificado un sentimiento que no era el de la belleza que pone el dedo en la llaga, que hiere. Estaba aterrorizado. El bosque se echaba sobre mí, cerrándose. En cada ventanilla, el negro de los árboles y la sensación de encontrarme ante el secreto de una comunidad asesina, de estar presenciando un ritual al que no había sido invitado.

La música aumentaba todavía más la diferencia, la amenaza de todo lo que rodeaba a un Yo con una granada en el corazón, a punto de estallar.

Si alguien hubiese salido del bosque a la carretera y me hubiera apuntado con una pistola, habría sido más fácil. Estaba paralizado, con un pie que empezaba a temblar en el acelerador, aterrado con la idea de que el miedo me impidiera seguir apretando con la fuerza necesaria. Si el motor se parase, el bosque me mataría, inyectándose lentamente en mí, como un frío ante el cual las ventanillas del coche nada podían hacer.

P. no pudo seguir hablando. Me dijo que nunca se había sentido más cerca de la muerte, de algo mucho peor que la muerte, que tantas veces había contemplado en el hospital.

Recuerdo de S.:

Pienso en rostros que bostezan tras los cristales del coche, en los atascos de la mañana de la ciudad, como si estuvieran todavía en el interior de sus casas, como si no hubieran salido del cuarto de baño y pudieran quitarse las legañas en el espejo del retrovisor sin que nadie los vea... O quizá piensan que nunca volverán a encontrarse con los anónimos conductores de otros coches. Piensan que su desaliño está a salvo, que sus bostezos de focas marinas los incumben solo a ellos, que las ventanillas del coche son solo sus ventanillas, que cada cual vive en su burbuja, ocupado solo en sus dientes enjuagados a toda prisa... Pero siempre, cada diez o doce coches, hay un niño sentado en la parte de atrás, que juega con un pequeño muñeco de peluche y lo zarandea para despertarlo de su sueño. Un día, una niña coloca a su muñeca de cara al cristal para que vea bien el paisaje de vehículos que no avanzan y le explica quiénes somos y qué hacemos aquí, cada uno de nosotros. Ese día, tú saludas con la mano, antes de arrancar el motor y perderla para siempre, sin tiempo para decirle que estás ahí por un error, que tú eres diferente.

Pulsos fugaces los que se libran entre los ojos de una ventana a otra, como si estuviera rayada por una celosía invisible.

Celosía de la ventana del confesionario. Teselas de luz y sombra de un rostro de perfil, que escucha, también, de manera fragmentada, pero con gran atención, como si los pecados fueran todos nuevos en el mundo, o hubiera que recomponer hasta el detalle más ínfimo para que deje de llamarse pecado secreto.

Pero el secreto no está a salvo porque antes formaba parte de ti y ahora viaja por la celosía, se extiende como una enredadera de sonido que se agarrase a ella para prosperar durante la confesión.

Cuando salía, con el dolor seco todavía en las rodillas y el temblor de la confesión en todo el cuerpo, me volví ligeramente, lo justo para ver el rostro completo del sacerdote con el que acababa de confesarme, por la segunda ventana del confesionario, la ventana principal abierta de la casa de la tortura. La carrera de relevos de las confesiones era muy rápida, los pecados se comunicaban de forma trepidante, solo para ti el tiempo en el interior de aquella casa se eternizaba, para volver luego a entregar el testigo y a acelerarse. En el momento en que me giré para confrontarlo, el sacerdote empezaba ya a girar la cabeza hacia la ventanita de la celosía, donde otro niño acababa de arrodillarse. Yo no había confesado el pecado mayor, el que parece un gigante y se escurre como el más pequeño. Imposible confesar el pecado mortal con el que debía comulgar más tarde. Todavía estaba a tiempo de volver sobre mis pasos, volver a ocupar un lugar en el banco, y volver a entrar en la carrera de la confesión.

¿Nada más que confesar? No, nada más que confesar, imposible confesar, imposible decir la verdad y mentir al mismo tiempo. Imposible matarme. Tampoco procrastinar la muerte, que me esperaba a pocos pasos de allí.

Muchos años más tarde, S. compró un confesionario en un rastro. Lo colocó en el salón de su casa y entraba en él para beber. Se colocaba en el lugar del confesor, que era, a su vez, un pecador. Seguramente, pecaba y se absolvía a un mismo tiempo. A veces, cuando ya estaba muy borracho y había dado a todos sus amigos la extremaunción, cerraba la cortinilla de la ventana y se escuchaba un canturreo en el que hilvanaba fragmentos de melodías de jazz con canciones populares ligadas a su infancia.

El otro día vi a dos niños que, apenas separados por unos metros, intercambiaban información y mensajes por sus teléfonos móviles. Nunca levantaban la cabeza de sus aparatos, y solo de vez en cuando cruzaban alguna frase que estaba relacionada con las imágenes que veían, casi nunca simultáneamente, separadas por un pequeño desplazamiento temporal.

Ninguna sombra paterna se proyectaba sobre ellos, no percibí el menor signo de prohibición en el aire. Y sin embargo, me parecieron prisioneros en una celda excavada como un pozo, un espacio repleto de espejismos.

No era la primera vez que veía algo parecido, pero quizá porque uno de ellos me recordó mucho a mí a su edad, por la noche, en medio de insomnio, volvió la escena.

Rememoré entonces mis escapadas infantiles a las horas prohibidas de la siesta. Con total nitidez me vi salir de mi cuarto sin hacer ruido, bajar las escaleras, cruzar la parte de trasera de jardín y salir a la calle. Después, caminar hasta llegar a la verja de la casa de E. y, con el mismo sigilo, entrar en su jardín y colocarme bajo la ventana de su cuarto.

Me agachaba para buscar, entre las piedrecillas, la que actuaría como señal en el cristal. Como si escogiera entre las ciruelas de un frutero y anticipara en la boca su grado de madurez. Recogía cuatro o cinco, de las más pequeñas, y tras sopesarlas cuidadosamente, haciéndolas rodar por la palma de la mano y entre los dedos, y descartando las que me ofrecían menos confianza, una a una, calibraba el impacto del golpe en el cristal de la ventana.

Me quedaba siempre con dos piedrecillas, por si el primer intento fallaba. Nunca más de dos porque era mucho lo que arriesgaba en cada lanzamiento, y no podía fallar. La calidad del golpe estaba casi garantizada porque en él iba concentrada una señal a vida o muerte.

Me preguntas por la ventana, quieres que afine la memoria, quieres tener el marco y los reflejos exactos del cristal, pero si cierro los ojos, veo un eje de coordenadas, un eje de abscisas y nada más... quizá una uve minúscula en la pantalla gris de ese almacén de mi cerebro, una ventana inventada para responder a una palabra que ha perdido todo significado.

El primer coche negro pasó muy deprisa; el segundo, del mismo modelo y color que el anterior, inmediatamente detrás de él, abrió una de las puertas traseras y el bulto fue arrojado al suelo. Enseguida vi el cuerpo, envuelto en una manta, de la que sobresalía un brazo.

Pongo en duda la existencia de la ventana como pongo en duda lo que vieron mis ojos aquella noche. Es preciso no que olvide sino que no recuerde, y esto a cualquier precio, para lo cual dejo que me llenen la imagen del parque y del fragmento del estanque helado, al alcance de mi vista desde aquí.

Qué gran diferencia entre el esfuerzo por no recordar y el ejercicio de olvidar. Para olvidar es preciso tener memoria, para no recordar, hace falta recordar, iniciar la marcha hacia el recuerdo, y a medio camino ponerle un *no* delante, ponerle unas estacas cruzadas, una señal de prohibición ante el cadáver almacenado en la fronda de helados nenúfares de tu cerebro. Si dices: ¡olvida!, tienes el cadáver delante y tienes que hundirlo en esas profundidades, ahogarlo con tus propias manos entumecidas. Si dices: ¡no recuerdes!, el cadáver no se mueve, tú no te mueves, tú no respiras... en cuanto se renueve la respiración, deberás volver a ponerte piedras en el abrigo para no ir hacia él.

La calle está cubierta de nieve, todavía las palas no han retirado la nieve del asfalto y ningún coche puede circular. La misma calle desde hace años, la misma calle totalmente diferente, cada día del año, como el parque, como el estanque. Y el cuerpo que vuelve a caer del coche y ahora lo hace en otro paisaje, el barranco de tierra al que mi mente lo ha transportado, a plena luz de un día de verano. Nada que ver, ninguna relación con esta ventana, tan alejada de la escena del crimen o de su escenificación. La nieve viene en mi auxilio: que no recuerde, que yo no recuerde, ni el brazo desnudo ni la relación entre el primer y el segundo coche, ni el rostro del conductor tras el parabrisas, vuelto hacia mi ventana iluminada.

Muchas veces, tú eres tu ventana, te confunden con ella. A tu ventana llegan las inesperadas noticias de otros y es ella la que las recibe. Tienes todo el derecho a tu amnesia, reivindícala.

Hace muchos años, conocí a una persona de origen muy humilde, a quien su familia envió de niña a un convento de monjas para trabajar. Siendo muy joven todavía, con la fe nunca cuestionada de generaciones, sin ningún otro horizonte, se unió a una comunidad de clausura.

Nunca había salido del pequeño pueblo en el que nació, no conocía otro mundo que aquel conjunto de casitas blancas, y las paredes y el claustro del convento. Tendría unos treinta años cuando, un día, escuchó bullicio en la calle, sonidos de sucesos que no sabía interpretar: ¿una feria? ¿un circo? No era la primera vez que los escuchaba –la encarnación sonora de la alegría que en el convento se administraba con cuentagotas–, pero era incapaz de otorgarles una apariencia. Como si tuviera las gafas empañadas, los oídos taponados, veía colores, oía voces en forma de promesas.

Sabía, desde que vivía en el convento, de la existencia de un ventanuco en uno de los cuartos altos que casi siempre estaba cerrado; sabía que si colocaba un taburete sobre una mesa y se subía a él, podría abrirlo y asomarse a la calle. Tan segura estaba la araña de que aquel ventanuco no iba a abrirse nunca, que había edificado allí un paraíso para vivir eternamente.

Los votos de clausura dividían el mundo en dos hemisferios: intramuros y extramuros. Mirar al mundo exterior era algo totalmente prohibido. Pero el taburete y el ventanuco se aparecían repetidamente en sus sueños como una especie de compuerta hacia la libertad, como una llave secreta que podría utilizar en un momento de extrema necesidad. Si abría la puerta del convento sería para marcharse de allí y salir a un mundo difuminado, casi irreal, que había dejado de tener sentido hacía tiempo. ¿Seguiría allí la casa de sus padres o habría desaparecido, como lo hicieron ellos? ¿Seguirían allí el puente y el río, o también el curso del río habría cambiado y ya no quedarían sino las huellas de un cauce seco? Asomarse a la ventana significaría, quizá, recobrar la consciencia, después de haber vivido muchos años bajo un hechizo. Quizá, retomar el curso de su desdibujada vida.

¿Qué estaba sucediendo en la calle?

–Subí a aquel cuarto cogí el taburete y lo puse sobre la mesa. La idea de asomar la cabeza por el ventanuco equivalía a poner el cuello en la guillotina. El corazón me golpeaba el pecho, como si también quisiera salir de la cárcel del cuerpo. Me subí a la mesa y al taburete. Me quedé mirando las telarañas largo tiempo, como si fueran las guardianas últimas del convento o una alegoría de las trampas de la libertad. A la altura de la cara, podía meter la cabeza en ellas y perderme para siempre. No había rastro de la araña, quizá se había ausentado y este mediodía era el momento propicio para la fuga. No sé cuánto tiempo pudo pasar desde que me subí al taburete y todavía con parte del pegajoso tejido en la mano, abrí el ventanuco, saqué la cabeza y miré hacia abajo. Todo era tan extraño que sentía como si el aire fuese agua y yo hubiera sumergido la cabeza en un caudaloso río y bucease. Luego sentí el aire, de golpe, como una bofetada, como si antes de que fuese a ahogarme, antes de morir, me fuera concedida la gracia de ver y de oír el mundo que me había sido vedado o al que había renunciado firmando un contrato engañoso: y vi coches, telas de colores, animales, puestos, sombreros de paja, carros, personas metidas en un caleidoscopio, tullidas, fragmentadas, escuché el coro desafinado de muchas voces e instrumentos de música, flautas, panderos... y ya no vi nada más, la cabeza me iba a estallar, parecía que quería arrancarse del cuerpo y salir volando por la ventana.

Se despertó en su celda, acompañada por una monja. Más tarde, la Madre superiora la amonestaría con afecto, intuyendo el peligro. Ella ya sabía que nada podría retenerla en el convento, que se iría de allí.

Pasados tantos años, cada vez que veo un ventanuco de ventilación en un muro pienso en ella. También, cuando el pájaro de la literatura visita al enfermo, postrado en una cama, o al hombre en la celda de la cárcel, con un mensaje de libertad. Y sin embargo, siempre pienso que el pájaro siente atracción por la ventana, quizá como si desease entablar una conversación con el enfermo, o con el prisionero. El condenado a muerte mira al pájaro posado en el pequeño alféizar del ventanuco, y no duda un momento de que se trata de un mensajero, y quizá el condenado sea un mensajero para el pájaro, porque cada uno mira al otro como si codiciase una ración de conocimiento que le hubiese sido negado poseer. El prisionero piensa que la libertad es el único bien y que el único conocimiento posible yace en su interior, pero el pájaro no puede discernir qué es eso que brilla en el centro de su ojo, ni por qué brilla.

El pájaro es como la voz que llega de la calle, distinta en cada estación. Voces del invierno, que dicen cosas del invierno. Voces del verano que pregonan la vida del verano.

Cárcel hecha a medida para el prisionero político que tiene como finalidad doblegar su voluntad, hacerlo abjurar de sus ideas. Cárcel de la tortura y de la muerte.

La voz llega al prisionero a través del mismo ventanuco al que se acerca para recibir un rayo de sol. Raciones mínimas de sonido y de luz que atraviesan el hueco de ventana y cuya misión es la mera subsistencia carcelaria: dotar a un espacio de la suficiente luz y el suficiente aire para que el preso no muera, aunque la muerte sea su único horizonte.

Independientemente del lugar en que se encuentre, el ventanuco es siempre enigmático y triste. Es tanto más lo que prohíbe que lo que da, o quizá vive a golpes de azar.

La legislación enloquece cuando tiene que calibrar lo justo e injusto de las servidumbres de luces o de ventilación de casas colindantes. Se ajustan los centímetros, el tipo de cierre que permitirá o no que el ventanuco se abra o sirva meramente para que pase la luz. El tiempo consolida los actos de rapiña. Los centímetros y los años se parecen ante la Ley, y así se refleja en las cuentas de su ordenamiento privado. El ventanuco del muro medianero es el más taciturno de todos, el más trágico también, como un órgano compartido por dos cuerpos, un ojo o un pulmón, parece escenificar el drama de un cuerpo conectado a una máquina que lo mantiene vivo.

En la ciudad de L. hubo un tiempo en que se decidió que una ventana era un privilegio por el que debía pagarse. Los dueños de una casa que tuviera un número de ventanas mayor tributaban más que aquellos que tenían menos. Estos impuestos obligaron a algunas familias a cegar con ladrillos algunas de las ventanas de sus casas. La luz del sol o el aire debían pagarse, debía pagarse por ver lo que se tenía delante de los ojos, como hoy se intenta que quienes utilizan la energía solar tributen por el sol que los calienta. También se paga por heredar la nada.

Un día, acompañé a G. a visitar un piso en el que estaba interesada. Las fotografías y los textos del anuncio prometían bellas vistas desde sus ventanas, en realidad, manchas verdes que uno ojo inocente podría confundir con árboles. Una vez más, la pedrería de la publicidad era falsa. Las fotografías son trucos de magia al servicio del comercio, encargadas de alejar lo desagradable y acercar una realidad codiciable y casi invisible.

El vendedor enumeraba las bondades de la casa y repetía el texto del anuncio, memorizado palabra por palabra, imitando con su voz las fotografías manipuladas, mientras G. hacía lo posible por abreviar la escenificación de la mentira.

Salimos de allí, frustradas por el engaño, y vagamos por las calles, levantamos la vista hacia las ventanas de las casas que más nos gustaban e imaginamos lo que sería vivir en ellas. Hacíamos constantemente la traducción de ventanas y dinero, como en las oficinas de cambio de monedas –¿a cuánto está la ventana en este barrio?– como una mercancía que debería avergonzar a quien la expone, que parece deshonesta, como si todas ellas hubieran sido robadas, como de pronto parecía deshonesto el precio de cualquier cosa, increíble, el precio de un lápiz, de un abrigo, inverosímil, ¿quién pone el precio a una ventana?

Seguimos caminando, entregadas a la insensata divagación, que concluyó al pensar que hay personas que ponen precio a la manzana que se ha caído del árbol. Cualquier juicio era lícito en un vagabundeo por la ciudad equiparable al flujo errático de los pensamientos, y en el que mirar ventanas era participar en un juego de azar.

En algún momento, a última hora de la tarde, cuando empezaban a encenderse los faroles de la calle, como tras una larga borrachera, el juego devino peligroso. Creo que estábamos jugando a la ruleta rusa con las ventanas: en una de ellas alguien nos apuntaba con el dedo, quizá con la única bala de la recámara, mientras en las demás se corrían las cortinas.

Yo miro una ventana como otros miran zarpar un barco, como invitación a un viaje.

El joven arquitecto compra el piso de sus padres en el que vivió de niño con sus seis hermanos. Es un espacio tan exiguo que, en su infancia, las camas y literas estaban apiñadas como si, más que vivir en él, viajaran por la vida en el vagón de un tren de mercancías. Quizá para superar un trauma infantil o por fidelidad a sentimientos profundos ligados a ese lugar, que desea preservar, después de una tarea de selección, decide agrandarlo con armarios ocultos en paredes móviles y una sucesión de espejos situados en lugares estratégicos. Con la arquitectura del ilusionismo consigue replicar una y otra vez un espacio por el que ahora puede incluso deambular. Solo la pobreza del exterior se niega a colaborar en la tarea de borrar un pasado miserable. Entonces, recuerda quizá las láminas del cristal de Lorena, que los románticos utilizaban para contemplar el paisaje, para que la realidad se pareciese al mundo pintado en una tinta sepia ideal. Y coloca en las ventanas los filtros fotográficos de color, convirtiendo la ventana en una lente caramelizada. El mundo exterior queda atrapado en una inmensa esfera de ámbar, la pobreza de su infancia y del barrio resulta adormecida, las colmenas de los edificios, en las que ahora se fabrica solo miel, son elementos de un sueño creado en pleno día, una hora fija en la ventana.

Con pequeños cristales de colores, en una gradación casi musical que iba de la cera al naranja más encendido, en el ventanal de cristalera de la casa de R. quedó grabada una puesta de sol perpetua que parecía producirse al final del muro del jardín. A veces, cuando la hora marcada por el color de los cristales coincidía con la hora del día del otro lado de la ventana, sumándose el color interior al exterior, el calor y el frío, el ventanal reverberaba y los cristales parecían al borde de la licuefacción.

Dibujadas con plomo y cristales de colores, algunas ventanas ocultan un patio interior o ilustran sobre un pasado nobiliario, legítimo o prestado en la mayoría de los casos. Losanges, rosas o flores de lis heráldicas emigradas de un escudo de armas a la ventana de un rellano de escalera. A veces, en el hotel de antiguo esplendor, un león o un oso como un acróbata, levantado sobre sus cuartos traseros.

La metáfora de la mente que Coleridge utilizó durante toda su vida era la de una escalera de caracol que había visto de niño en una mansión señorial. Provista de generosos descansillos en algunos de sus tramos, en uno de ellos había una gran ventana con vistas magníficas, enmarcada por cristales laterales de un azul intenso y *ámbar saturado* o tonos naranjas.

Sin que conozca la descripción del paisaje, puedo ver el bosque que aparece a lo lejos, tras una generosa pradería, enmarcado por los cristales de colores, como un marco colocado alrededor de un fragmento de realidad en el que es posible concentrarse, un regalo que nos es dado para resolver un problema.

La primera vez que escuché la voz del almuédano, llamando a la oración desde una mezquita antes del amanecer, esta me despertó. Me encontraba en la habitación de un hotel que imitaba los grandes palacios de antaño, generoso en jardines y fuentes, lleno de torres y minaretes.

Nada más despertar, mi mirada se encontró con la pequeña ventana de cristales tintados de colores que se abría en la pared, a un lado de la cama. Su forma tenía algo de hornacina, de promesa de ventana sellada, y por el color reverberante, participaba también de la idea de un sagrario. El sonido, fundido con los cristales azules, rojos, verdes y violetas, me produjo la profunda impresión de que era la ventana, de pronto provista de voz, la que me llamaba; todavía más, que la ventana me tendía los brazos.

La llamada volvió a repetirse y aunque entendía lo que estaba sucediendo, decidí perseverar en el sentimiento. El *adhan* decía que era mejor la oración que el dormir. Sin entender el significado de las palabras, pero sintiendo la fuerza del mandato, me levanté de la cama y salí al balconcito de la habitación. Al otro lado del jardín de grandes palmeras, veía algunas luces en las casas arracimadas en el zoco. La voz entonces, descompuesta en sílabas alargadas, parecía curvarse ligeramente en el espacio, como una salva de proyectiles. Luego pensé en una lengua retráctil que se soltaba y regresaba a la cavidad bucal.

Nunca más el muecín volvió a despertarme en mitad de la noche. Me sucedió lo mismo aquel verano que pasé en una casa de campo, cuando el gallo de una granja vecina me desvelaba en mitad de la noche, y aquel reloj cargado de culpa pasó a formar parte del paisaje sonoro, junto a los pasos en la escalera de los insomnes que iban a buscar un vaso de agua o a fumar a la terraza; el gallo me instalaba en un insomnio tenso, quizá porque yo esperase el segundo y el tercer canto, que nunca llegaban, o llegaban cuando había perdido la esperanza de escucharlos y nunca eran tres. No volví a escuchar la señal bíblica ni a recordar el pecado cometido por el delator.

Del mismo modo que nunca más vi los cristales tintados de aquella ventana como la invitación de una lámpara a leer un texto sagrado.

Pasados tantos días de encierro, E. ha comenzado a recordar intensamente algunos viajes del pasado. Intenta reproducir incluso el rostro del recepcionista del hotel con quien hablaba hace muchos años, la forma de cierto ascensor, los dibujos de las alfombras, la forma de la fuente de un patio interior, el menú de un restaurante que frecuentaba. También sueña que sube a trenes, barcos o aviones; a veces el método de transporte es un híbrido de todos ellos. Esta noche, el deseo ha sido tan intenso que el paisaje mismo ha producido una amalgama de anexiones que jamás podrían llevarse a cabo en la vigilia:

Después de atravesar caminando pasos subterráneos de hormigón y de llegar a un andén serpenteante, forrado de teselas azules y blancas, con cenefas y dibujos que me hacían pensar en un *hammam*, me vi cómodamente instalada en el vagón de un tren de amplias ventanas que se deslizaba con gran suavidad por raíles elevados sobre el mar. Tan pronto los raíles bordeaban una gran isla, como hacían incursiones hacia el interior de esta, mostrando en un continuo, reunidos en un puzzle imposible, todos los paisajes de la tierra: un pequeño volcán, lagos cercados por carrizos, junto a lagos en cuyo centro crecía la lavanda, árboles de bosque meridional diminutos que tenían el mismo valor que los árboles tropicales gigantes. Ni un pájaro, ni un insecto, ningún rastro de fauna. De vez en cuando, el tren pasaba por andenes que tenían la forma de terrazas de café mediterráneas, brillantes, a primera hora de la mañana, con las mesas de mantel blanco inmaculado, dispuestas, pero sin público. Ninguna presencia humana en la isla. El tren era mi maestro y todo lo que veía desde la ventanilla era una lección privilegiada sobre el mundo que debía memorizar y aprender.

Al despertar, he recordado otro sueño que tuve hace muchos años y que nunca he olvidado. Asistía a una gran estampida en la que participaban todos los animales de la tierra. Los que eran y los que habían sido.

Los animales corrían a gran velocidad, leones junto a jirafas, perros, cerdos, caballos, ratones, y también diplodocus y grandes saurios. En una selección que representaba toda la fauna que alguna vez pisó la tierra, corrían a la misma velocidad, y quedaban de pronto parados, junto al borde de un gran acantilado.

Desde la gran altura a la que yo contemplaba esta escena, no sentía el jadeo ni el nerviosismo de los animales que, en su carrera, había levantado mucho polvo. El silencio formaba también parte de mi lección.

Todo esto, E. lo ve desde una ventana privilegiada que se abre en la pared de su cuarto mientras duerme, y que por la mañana vuelve a estar sellada. Ninguna huella de sutura, de restauración, pero conoce el lugar exacto en el que volverá a levantar el cristal de la guillotina.

Mientras dura el confinamiento, la ventana de la vigilia, a la que me siento atraída, como una ventosa a una pared, parece sufrir una metamorfosis, cada noche, en cada sueño.

Las ventanas existen para ser abolidas. Esta noche, en el sueño, se resolvía el misterio del nacimiento de las matemáticas.

En una de las hojas de la ventana estaban todos los números, y en la otra, todas las letras. Pacían como animales, con una serenidad bovina, ajenos los unos a los otros. Hasta que, de pronto, sin que nada pudiera anunciar el motivo del cambio, los números comenzaron a necesitar a las letras y las letras a los números.

De la aparente indiferencia, surgió un deseo de tantear en el espacio para el que ni los números ni las letras se bastaban a sí mismos. Hasta que, en un momento dado, el número 1 y la letra x se proyectaron en el horizonte marino. En realidad era yo quien, por primera vez escribía 1x, y daba comienzo a una ecuación.

No sé si estaba despierta cuando pensé que el inicio de la ecuación era la punta de una flecha, y que todavía debía encontrar los números y las letras que completarían el arco. Yo debía salir a cazar muy cerca también del origen del mundo.

Veo ahora el 1 y la x en la mirilla del microscopio como una célula que ha sido colonizada, contagiada por un virus, sin que pueda saber cuál de los dos, si el número o la letra, es el responsable de la enfermedad, si verdaderamente existe un orden de llegada en el concierto de la vida.

Lo que H. ve desde la ventana, lo que H. intenta no ver, aquello de lo que intenta hacer abstracción... el mundo, el mundo que cambia hasta el punto de resultar irreconocible.

Paradójicamente, la realidad borrada y la realidad que se impone se dan la mano. En primer lugar porque no quiere ver ese mundo y en segundo, porque no lo reconoce.

¿Es siempre igual? ¿Obligadamente los ojos se cierran antes de tiempo, cuando todavía son o podrían ser capaces de ver de manera diferente, quizá con una visión amplificada?

Las ventanas de la casa de sus padres y abuelos pasan la mayor parte del año sumergidas bajo el pantano que anegó todo el pueblo. A un lado y a otro de las ventanas, el agua uniformadora, las primeras algas colonizadoras, donde había una cama y una mesilla de noche, y donde había farolas y un banco vecinal, un adentro y un afuera anulados, perdida la función de puertas y ventanas, casi homogéneos, otra clase de rocalla.

No demasiado lejos de allí, los edificios del pueblo vecino empiezan a ser abandonados. Sus habitantes se preparan para una clase de demencia colectiva. Se arranca todo lo que puede tener un valor. Algunos se llevan la puerta con aldaba y los marcos de las ventanas para la construcción de una nueva casa…, como si aldaba y marco pudieran volver a sonar o abrirse sin daño en otro lugar, como si no estuvieran contagiados ya de la misma enfermedad del pantano.

De alguna forma, esta inundación igualitaria se produce también en la ciudad donde H. vive, asomado a su ventana. No entiende adónde han ido a parar los edificios en los que creía, la bondad de los jardines. No acepta la palabra *cambio* o la palabra *metamorfosis*, sobre las que lee en los periódicos y que supuestamente resumen los acontecimientos a los que asiste cada día. Lo que ve por todas partes es destrucción, puro vandalismo, la acción destructora causada por un martillo pilón que no piensa, que no siente en ninguna de sus extremidades, ni en la parte que golpea ni en la parte que ordena el aniquilamiento.

Envejecer no necesariamente significa rechazar, piensa. Y rechazar no es siempre sinónimo de inadaptación. Él envejece de manera inexorable y se adapta, compra aquello que es posible comprar, y espera también en las colas de racionamiento, que afectan a los que todavía quieren un producto preciso que se ha vuelto raro.

Se sienta en la última droguería de la ciudad donde encontrará alcohol isopropílico e hidrocloruro de cetalconio. Hace muchos años, en esa droguería solía haber un canario en una jaula. Mientras esperaban que les fuera despachada la mercancía, los clientes escuchaban su canto, aprendían de él a esperar.

La jaula era una ventana de trescientos sesenta grados, piensa ahora, en la moderna casa a la que ha sido obligado a mudarse, llena de ventanas, aunque él solo se asome a una de ellas.

Antes de llegar a la confluencia de su pequeña calle con la avenida principal hay un *ginkgo*. En su crecimiento reconoce la mano de un verdadero jardinero, no de un aniquilador arboricida de nuestro tiempo, personas contratadas para acelerar la muerte de los árboles de la ciudad. Cree hablar con el árbol y con el jardinero que lo cuida, con quienes comenta los acontecimientos pequeños que tienen lugar en el interior de su piso. Ellos entienden lo que hará con los materiales que ha traído a su casa y que tienen como objeto limpiar un cuadro antiguo, guardado durante muchos años en un almacén.

Comienza la labor en un domingo, cuando la comunidad de su edificio y de las casas colindantes han partido en masa a participar en un ritual colectivo.

Él se queda solo en el estudio, con el cuadro que lleva tantos años sin ver y que representa a un hombre sentado en un sillón junto a una ventana.

Un hombre sentado en un sillón junto a una ventana... Parece sencillo de enunciar lo que, tan pronto se convierte en expresión, se avergüenza de sí misma. Quizá sería más justo exponer lo que sucede en el cuadro: *todo lo que el hombre hace es morir sentado en un sillón junto a una ventana.*

El cuadro se limita a eso, a mostrar a un hombre que muere junto a una ventana. Pero el hombre no mira por la ventana ni da muestras de estar muriendo; sus rasgos congelados parecen negar la expresión, más cercana a la máscara de un médico que se prepara para comunicar a un paciente un grave diagnóstico, y tal vez lo único que pueda verse en la profundidad que no se muestra sea el miedo. Profundidad que no puede verse como no puedes adivinar el fondo del pozo desde el brocal.

Él está sentado, esto es indudable, y el sillón está situado junto a la ventana, no orientado hacia la ventana. Él no mira por la ventana, y parece un niño que posa junto a un gigante. Quizá porque, si osara mirarlo a los ojos, el gigante lo derrumbaría con un dedo.

Antes de aplicar el alcohol isopropílico y el hidrocloruro de cetalconio procede a lavar el cuadro con agua destilada.

Cuando llega al rostro del hombre piensa que está refrescándole la cara, más que para despertarlo, para aliviar la fiebre de un enfermo, como si le pusiera un paño escurrido en la frente.

La pared se hace más presente, lentamente regresa el espacio que la habitación había perdido en favor del polvo, aunque sea para comprobar de qué forma este espacio está deformado por la lente de la angustia. Y los colores están tan vivos como el día de la creación, vuelven a ser los primeros que alguna vez se juntaron en una paleta para contar el barro de los ladrillos o el tapizado liso del sillón, también de color tierra. Incluso la luz que entra por la ventana lleva adheridas partículas de tierra, solo visibles por las partículas de luz con las que son arrastradas al interior de la habitación, como un pequeño alud.

Pero cuando el hidrocloruro de cetalconio comienza a abrirse paso por la luz de la ventana, con diminutos movimientos circulares o concentrados rayones, que parecen aplicados con un pincel duro por un escolar enfadado, como a empujones, cuando el hidrocloruro de cetalconio se expande por la ventana y por la luz que la ventana arroja a la pared del cuadro, todos estos movimientos que parecen puntos y comas de una sintaxis propia de esa pintura, entonces, es la luz naciente, anterior a la existencia del cuadro, la que se le aparece, junto a otros ojos, en el mercado negro de los ojos y de las metáforas. En la luz del cuadro ve la luz de embudo de otro pintor y de otros pintores que cedieron a la ventana sus propios ojos, como un enamorado ofrece lo mejor que posee, desposeyéndose de ellos en un acto de entrega absoluta.

Y si la luz que entraba por la ventana parecía una realidad ajena al hombre, ahora se ve que es en la luz donde el pintor se ha autorretratado verdaderamente, donde ha puesto la emoción, todo el peso de la muerte, que entra por la ventana. Y si la Anunciación de la Virgen traía la vida, esta es la Anunciación del final.

Cuando termina de restaurar el cuadro, se da cuenta de que quien está sentado en el sillón y quien se mira a sí mismo en la luz es él mismo: él en sus juegos con la muerte, él en sus tentativas de darse la muerte en el interior de un cuadro.

Querido P.:

Llueve ininterrumpidamente desde hace dos semanas. La ventana hace su trabajo: ser ventana. Yo hago el mío: miro, a través de la ventana, la lluvia, los campos anegados y el río que amenaza con desbordarse.

No es posible salir de casa, como apenas lo ha sido en los últimos meses. De nada sirve vivir en uno de los lugares más remotos del país. La lluvia no ha venido a lavar nada y se comporta más como una aliada del virus que continúa propagándose por el valle.

Quizá para escandalizarme a mí misma un poco, pienso en la lluvia como en los cazarrecompensas que colaboran con la policía en la tarea de encontrar a fugitivos de la Ley. Todos nos hemos convertido en delincuentes, y nos sentimos como si lleváramos una marca bajo el brazo, que intentamos ocultar. El virus no distingue las categorías de grande o de pequeño, no reconoce la inteligencia o la necedad, tampoco discrimina entre seres bondadosos y dañinos.

No es posible salir de casa y los dos cristales de la ventana cobran el valor de unos ojos definitivos, ojos únicos y todopoderosos que a veces parecen dispuestos a cegar, incluso, a los de la literatura, o a suplantarlos.

Pienso en la ventana de tu estudio en la ciudad y me comunico con ella, al igual que contigo. Pienso en lo que ves, intento reconstruirlo en mi memoria porque ahora me ayuda a representarte a ti en este trance.

Mi hermano me escribe sobre la ventana de su habitación de estudiante en la ciudad donde ha quedado atrapado. El mensaje del pequeño patio interior es de una terquedad insoportable. Él intenta sacarle partido. Cuenta los ladrillos hasta que dejan de perfilarse en el muro, en una gimnasia del ojo y del alma, según me dice. Hace un esfuerzo por imaginarse a los albañiles que levantaron la casa hace más de un siglo y representarse el trabajo de colocación de cada ladrillo. Así, día tras día. Y luego, a olvidarlo. Sus ejercicios visuales me hacen recordar la cuerda que le entregaban a Oscar Wilde en la cárcel de Reading para que la anudara durante el día, y que debía desanudar cada noche. Pero él, según parece, ha encontrado otra forma de rezar.

Querida M.:

La ventana del salón me permite ver el final de la acera, la esquina de la calle, los balcones, las farolas antiguas, el punto de fuga trazado por el perro que dobla la esquina y, tras dejar un reguero de orina, desaparece. El mundo se encuentra al doblar la esquina, como el mundo se encontraba al final del último cabo, cuando navegábamos, ¿hace cuánto tiempo?

Todos reducidos a nuestras ventanas. Como, en las largas marchas por la montaña, mirando siempre dónde colocaba el pie, para no caer, a veces sin mirar el cielo o el paisaje durante largo tiempo, me parecía que terminaba por reducirme a mis botas.

Recuerdo a Leonora Carrington cuando recomendaba poner un ojo en el microscopio y otro en el telescopio para conducirse por la vida, para no ser aplastada por la ignorancia de lo grande ni de lo pequeño. Ahora tiempo y espacio se concentran frente a la ventana, que es ambas cosas a la vez: microscopio y telescopio.

¿Adónde hemos venido a parar? Porque estamos parados.

Aunque no pueda obtener respuesta, me pregunto sin cesar si esta será mi última casa. Me lo pregunto mientras desayuno, mientras repaso los contornos de los objetos de la habitación y sobre todo, al llegar a la ventana. ¿Es este el último paisaje de mi vida, del que deberé nutrirme hasta el final o tal vez haya otra vida esperándome al doblar la esquina?

Después de tantos viajes, de vivir en tantas casas, esta ventana dice que el mundo es toda la información que pueda extraer a partir de lo que ella me enseña.

Querida G.:

A veces, cuando me comunico contigo, me parece que la pantalla del ordenador va a abrirse, como una trampilla, y me voy a fugar por ella, y a caer en el salón de tu casa, empujada por un chorro de agua, como si al otro lado de esta ventana electrónica hubiera una esclusa.

Sigue lloviendo ininterrumpidamente y todo lo que veo se me antoja cada vez más como un escenario en el que estuviera representándose una tragedia. Quizá lo único que falte para que termine de creer en ella sea que saque a todos los actores que se encuentran en el interior de mi cabeza.

Son mis pensamientos los que parecen un campo de minas. Cada paso parece corresponderse con una potencial explosión.

Los empalados que se veían desde las chozas de la Edad Media, los ahorcados, transmitían con gran claridad su mensaje. Nosotros tenemos que imaginarnos el lugar donde se colocará la horca y nos deslizamos entre los lazos sin saber tampoco cuándo se cerrarán.

Querida R.:

Nunca pensé que la visión del cielo podría llegar a resultarme turbadora. Claro está que se trata de una parcela de cielo lo que veo, como si de todo un mosaico de valor incalculable poseyera una única tesela. A veces, también, deformado por alguna nube, como si el fragmento azul fuese la última pieza de un puzzle desplegado en otra mesa, al albur de otras manos. Esta ventana, abierta en el techo del ático, que cuando alquilé la casa me pareció liberadora con respecto a la calle, tan ruidosa, ha terminado por convertirse estos días en una fuente casi constante de alucinaciones. He cambiado la distribución del apartamento para colocar una pequeña escalera debajo y, a todas horas, asomo la cabeza para ver los tejados de la ciudad.

Imaginar la humanidad que hay debajo de las tejas y de las chimeneas me inquieta y me tranquiliza a un tiempo. Me inquieta porque me imagino a muchas personas enterradas solo para mí, como si hubiese sido separado de ellas por un accidente, y yo debiera encontrarme ahí debajo también, con el resto de los miembros de mi familia. El azar me habría salvado de una catástrofe cuya naturaleza no termino de discernir, y convertido en una especie de náufrago del espacio. Me tranquiliza porque en la línea del horizonte se me aparecen de vez en cuando algunos barcos en forma de gatos o de ventanas como la mía, desperdigadas por el mar de las tejas.

Casi todas son tragaluces, como el que también se abre en mi edificio, que convierten las cajas de escaleras en recipientes en los que la luz se precipita. Pero, de vez en cuando, aparece alguna ventana gemela a la mía, levantada, como un gigantesco periscopio.

El otro día, vi una cabeza de mujer y escuché nítidamente la voz que me saludaba desde su ventana, una calle más allá de mi edificio. El silencio se ha apoderado de tal forma de la ciudad que es posible casi mantener una conversación a semejante distancia. Sin embargo, como los prisioneros que se comunicaban con el morse carcelario a través de las paredes de sus celdas, hemos iniciado un cruce de mensajes cuya única finalidad es asegurarnos de que continuamos vivos. Que estamos vivos de una manera que el teléfono o el ordenador no pueden confirmar: que estamos vivos el uno frente al otro.

Desde mi cama, veo el rectángulo de la ventana, tan azul, que me recuerda también a la piscina de mi infancia. Recuerdo cómo hablaba con mis hermanos debajo del agua, la emoción de entender palabras exentas que no necesitaban de ningún mensaje.

Querido J.:

Llevo varios días observando mi calle vacía como si el espacio se hubiese dilatado, como si las fachadas se hubieran reblandecido para dar un paso atrás durante el sueño, y como consecuencia, todos los portales se hubieran retranqueado.

No encuentro ningún parecido entre lo que siento y cualquier cosa que haya experimentado con anterioridad. No es la calle completamente vacía a la hora de la siesta de una tarde calurosa de verano. Tampoco es la ciudad evacuada durante la guerra. Al contrario, las ventanas se llenan de rostros, como el mío, que buscan en la ventana una señal del otro lado.

Lo que encontramos es una permanente pérdida de sentido: miramos el asfalto como el cauce vacío de un antiguo río, atracados en un fantasmagórico puerto fluvial.

Desde que desapareció el tráfico, el asfalto también se me antoja como el azogue de un antiguo espejo en el que las imágenes pierden paulatinamente su nitidez.

El primer día de libertad, tras el largo confinamiento, M. toma la antigua línea de tren para llegar al único jardín en el que los jardineros todavía barren las hojas con escobas de brezo. Tan importante como los setos y las flores es escuchar el delicado rastrillado de las hojas. ¿Por qué aceptar que las máquinas que taladran el oído mientras expulsan aire y mueven las hojas de aquí para allá, con tan escasa precisión o puntería, son mejores que las escobas?, ¿que el peso de la máquina en la espalda del jardinero es menos dañino para el cuerpo que el movimiento del brazo que mueve la escoba?, ¿que la factura de sanidad es menor en un caso que en otro?

Resulta evidente que la mentira se sustenta en el precio de la máquina, en el precio del combustible, en el precio de los protectores de oídos y en su acabamiento, en la vida programada para morir y renacer en la cadena de producción.

M. se adapta a todo menos a las mentiras. Se pregunta si es preciso mentir para introducir los cambios radicales, si quienes aprietan el gatillo de las verdades son los virtuosos de las mentiras.

Analiza el mundo, una hora cada día, a través de la pantalla de su ordenador.

Al principio llamaba ventana al ordenador. La pantalla le parecía un inocente espacio de intercambio, a veces, incluso, una amiga generosa que entregaba luz a cambio de nada. Ahora, cada vez la pantalla comunica mayor oscuridad, o, mejor, escollos, trabas, una obstrucción creciente a la percepción de cualquier mensaje.

En el tercer punto suspensivo de una frase, como una boya del tamaño de la cabeza de un alfiler en la marejada de las imágenes, cree distinguir la cámara que registra su emoción e interpreta hasta la frecuencia de sus parpadeos. Sabe dónde se detiene, aquello que le hace daño, aquello que despierta en ella un sentimiento de esperanza, lo que le permite descansar, lo que da una pátina de color al tedio, el deslumbramiento momentáneo.

Ha empezado a jugar al escondite con la cámara, pero en este juego siempre pierde: incluso con los ojos cerrados, invariablemente, la cámara la encuentra. Es preciso desarrollar una técnica más inteligente, piensa, cada día, mientras sucumbe a la cámara y empieza a posar para ella.

Ayer presentaba mi último libro a través de la pantalla del ordenador. Después de haber ensayado numerosos modelos de pantalla, de haber concedido que cada celdilla del enjambre contenía una emoción, de intentar desdoblar el ojo en múltiples facetas como una mosca, y después de comprobar que mis ojos perdían cualquier posible asidero temporal, por corto que fuese el descanso que encontrasen en la mirada de otro, supe que la única forma de controlar mi discurso era dirigiéndome a mí mismo, convertida la pantalla del ordenador en un espejo.

El formato de la pantalla cambió y me dirigí entonces a mí mismo para hablar también de mí mismo y de mi último libro publicado.

Es un libro sobre el final, como todos los demás. Quizá en este se haga más evidente la experiencia de andar por pasadizos que se estrechan, se perciban mejor el aliento en la nuca y las caídas, los derrames quizá se hagan más visibles aunque no los mencione en ningún momento, tampoco las heridas que se abren cada día y que cicatrizan al pasar la página, como sangre que se secara con ese mínimo aire.

Incluso alguien pueda pensar que contiene una confesión y crea verme comulgar con el pasado.

Todo lo que he escrito carece ahora de importancia. Tras las presentaciones, como ya sabía, a pesar de mi escasa experiencia, la pantalla se convirtió en el apalabrado espejo y me encontré frente a mi rostro, mi público, mi *yo público*, un público hecho a mi semejanza, a quien tenía que seducir.

Allí estaba el rostro que tan cuidadosamente me había escamoteado durante los últimos años, con gran habilidad.

Incluso al afeitarme miraba de la mitad de la nariz hacia abajo, como si sintiera dónde comenzaba y dónde terminaba una línea invisible, una frontera que no debía ser franqueada. Y si sabía algo de lo que había estado sucediendo en mi rostro en el curso de los últimos años –noticias que me llegaban sobre todo del rictus en los labios, tan marcado–, esta era una información indirecta, el verdadero peligro estaba, y bien lo sabía, en los ojos. Y ahora, ahí estaban: mis celebradas arrugas, mi celebrada mata de pelo cano, mis celebradas gafas, gafas de anticuario, modelo inimitable e inencontrable. La montura de concha que heredé de mi padre y que he llevado desde que cumplí los cuarenta años. Las gafas de un muerto que intercambié con las mías, una herencia casi equiparable al azul de mis ojos, heredado de mi madre. Las gafas de mi padre y el color de los ojos de mi madre. Con ambos –ojos y gafas– me miraba en el espejo de la pantalla, en la falsa ventana que me ponía en contacto con mi público.

Comencé a hablar con palabras fáciles de entender, como si me dirigiera a ese rostro casi irreconocible, como a un hombre que acabase de encontrar en la calle, a quien tuviera que convencer de que era yo, realmente era yo quien le estaba hablando. Con palabras sencillas, primero pedía y luego casi rogaba: ¡Ponte en mi lugar! ¿Qué harías tú en mi posición?

Hablé del libro con palabras sencillas. Avancé por las páginas del libro e incluso fui capaz de leer un pasaje del primer capítulo, hasta que, de pronto, al levantar la mirada del libro, me encontré en el funeral de mi padre, y descubrí también que lo que acababa de leer eran las palabras que pronuncié aquel día en el atril de la iglesia. Mi padre era un hombre solitario, austero y frugal, y mis palabras iban dirigidas al hueso que olfateó durante toda su vida. Las palabras del pasado venían al presente del libro. Entonces, vi a mi padre en la pantalla del ordenador. Lo vi con tal claridad que me tambaleé en la silla. Acerqué la cara a la pantalla para ver cómo mi asombro aumentaba. Entonces, me quité las gafas y me restregué los ojos, totalmente solo en el espejo del cuarto de baño, un año después de la muerte de mi padre, cuando, al cumplir cuarenta años, me puse sus gafas por primera vez. El azul de los ojos en la pantalla del ordenador, sin ningún tipo de protección contra esta luz blanquecina, casi gris. Los lagrimales agigantados por una deformación también hereditaria, el conocido picor, a punto de llorar... Sin poder dirigir una sola palabra al público que debía de mirarme, oculto al otro lado del espejo, sin poder justificar mi silencio, plegué la pantalla del ordenador portátil sobre el teclado y puse la mano encima, como quien cierra una ventana y asegura un pestillo.

Al acabar la clase y abandonar las múltiples ventanas que se iban cerrando en la pantalla del ordenador, C. se volvió, aliviada, hacia la ventana.

La tormenta que había estado arreciando durante toda la conferencia, acompañando de manera frenética cada una de sus palabras, palabras que parecía descargar sobre ella, cesó, y, en medio de la ventana, todavía entre bandas de nubes negras, apareció la luna llena, acompañada por la voz de asombro del poeta... oh brillante, brillante, brillante, oh, brillante, brillante... ahora, la blancura de la luna, que resplandecía entre las nubes negras, que la rayaban, que le tapaban los ojos con una venda, que la ocultaban, hundiéndola en un volcán, que la levantaban como una hostia consagrada, que la incitaban a bailar, que la amenazaban con el ardid de un ingenuo disfraz, siempre la luna viva, nunca la luna pintada en un biombo teatral, la luna le decía que también ella podía convertirse en su espejo, que pensara bien en sus siguientes palabras.

En su exposición C. había citado la descripción de la mónada de Leibniz que ahora, ante su ventana, poseída por la contemplación de la luna hasta el punto de que podría desaparecer en ella, adquiere un nuevo valor: la mónada no tiene extensión, no tiene figura, provista de una fuerza interior... no tiene ventanas. Leibniz expresaba así esa esa satisfacción del Uno que no considera el paisaje que llega a través de la ventana, que no le interesa, que no necesita, que no existe.

Piensa en la forma del virus, reproducida hasta la saciedad en los medios de comunicación, y que parece una pura proliferación de tentáculos, de llaves sensibles, y de posibles ventanas abiertas. La accesibilidad de la imagen la lleva al extremo de considerarlo un juguete.

A veces piensa que su ignorancia es un espacio de grandes promesas que le permite seguir viviendo. Otras, se da cuenta de que cultiva la ignorancia y la oscuridad con la enfermedad que también se apodera de las metáforas.

Tras la última intervención, los agradecimientos y las despedidas, L. enciende un cigarrillo.

Sabe perfectamente lo que ha visto. Las palabras del editor no son capaces de aplacar la incredulidad del público.

Antes de que se instaurase la virtualidad, este escepticismo se habría experimentado en una sala abarrotada de público, y la estampida del escritor habría dejado una huella reconocible por todos: una silla vacía. Ahora, los momentos de silencio e inquietud previos al apagón se habían traducido en parpadeos en las celdillas de la pantalla del ordenador, tics nerviosos en un rostro de múltiples ojos.

Abre la ventana y deja que el humo exhalado salga por ella a reunirse con otras galaxias y constelaciones. Sentado en el alféizar, se encuentra en comunicación con otro mundo. Piensa que la distancia que ha recorrido su pensamiento es la misma que ha cubierto el humo, cada vez más desfigurado en la oscuridad. Que los pensamientos tenían antes la forma de una lanza y una punta afilada, y que ahora, tan pronto la primera consonante busca su vocal, como si fuera a tomarla de la mano, hay una tercera letra que viene a interponerse entre las dos, indecisa todavía ante su identidad. Que los pensamientos quedan abortados casi de raíz.

¿Quién puede pensar cuando el mundo parece reducido a un único problema, cuando todas las botellas arrojadas al mar contienen idéntica llamada de auxilio y el único paisaje es un archipiélago que se extiende en todas direcciones? ¿Qué pregunta hacer? ¿En qué isla te encuentras?

En su barrido, la ametralladora mete una bala en el cuerpo de cada individuo: caen diez, quince cuerpos abatidos, pero el sonido no hace distinciones, bien podría ser siempre la misma víctima la que cayese. En el archipiélago, el miedo, tan individual, resulta profundamente monocorde.

Después de haber sostenido la última conversación del día a través de la pantalla del ordenador, en un gesto mecánico, S. se gira hacia la ventana para encontrarse, una vez más, con el edificio en construcción, a esta hora, todavía más fantasmal que con la luz de la mañana. Solo las planchas de hormigón, los huecos que albergarán los ascensores y las escaleras del gran edificio, y algunos materiales almacenados, que a la luz de las farolas son bultos.

Cuando compró la casa, hace muchos años, en ese espacio había un gran solar que, como un ecosistema larvario, ensayó numerosas formas de vida. Salvo los grafiteros, que dejaron su firma, esgrimida a la carrera en los muros de las casas colindantes, por allí pasaron otros grupos más sedentarios, que, sin ser expulsados por la autoridad, no terminaron de arraigar, como si entre la tierra y ellos no hubiera podido alcanzarse un entendimiento duradero. Hasta que llegaron los amantes del huerto, mejor organizados y, sobre todo, conocedores de las cualidades del solar, como un grupo a cuya cabeza caminara un zahorí. Algunos de ellos venían de lejos, otros, vecinos, se fueron sumando a la aventura urbana.

Durante años, a través de la ventana de su cuarto, S. asistió al crecimiento de las judías, los calabacines o los tomates. Aprendió a distinguir las hojas de los espárragos y del eneldo. Puso, incluso, algunas macetas cerca de la ventana, para establecer un diálogo con el huerto, como quien hace señales con un espejo. Observó estas plantas durante años. A pesar del gran celo que ponía en su cuidado, quizá no las entendía. Nunca fueron felices.

Las plantas de interior buscan las ventanas, como si no aceptaran las constantes atenciones que se les brindan, invitadas en una prisión de lujo, y quisieran salir por ellas a una tierra prometida, para lo cual se contorsionan y estiran sus ramas, en imitación a los brazos, como en una metamorfosis invertida, hacia lo humano. Incluso las plantas que viven en el alféizar de la ventana buscan la luz con un afán siempre insatisfecho. Sus hojas llegan a entrar en contacto con el cristal para descubrir que ahí no termina su sed de luz, como tampoco en el beso termina el deseo del amante. El castigo no tiene fin, porque al igual que se tortura al sediento alejando el cuenco de agua que estaba a punto de alcanzar con las manos, otra mano hace girar la maceta del alféizar, desorientándola de golpe, tras haber creído encontrar un camino hacia la luz. He aquí todos los ingredientes de un cuento infantil: el ficus que se enamoró de una ventana. Un amor imposible en el que se curten los ilimitados afectos infantiles.

Aun así, S. persistió en su afán. Hasta que primero las vallas y luego las palas excavadoras pusieron punto final al largo idilio entre los vecinos y el huerto.

Los recuerda ahora, acarreando en grandes bolsas las últimas cosechas, incluso algunas macetas con plantas, como si partieran a un exilio incierto con las semillas de la supervivencia o el rollo de un libro sagrado. Se pregunta por la familia animal que encontraba aquí cierto refugio a algunas horas del día. Piensa que todos los habitantes de la ciudad viven sometidos a una voluntad que no tiene rostro ni ojos ni tacto y por lo tanto no siente miedo ni amor ni tampoco odio o rencor, pero cuya esencia es profundamente desgraciada.

El futuro edificio se muestra en un gran cartel publicitario iluminado: blanco, bajo un cielo azul sin nubes, con materiales resplandecientes y ventanas que prometen brillar eternamente.

El nombre de la calle no dice ya nada de los días en que este le fue adjudicado a un paisaje: *cañada*. Por aquí entonces pasaban los pastores con su ganado durante la trashumancia. Los nombres de todo el callejero que rodea al lugar despiertan un pasado muy lejano y hacen imaginar un tiempo en que incluso las ranas podían ir saltando por un camino empedrado en su camino hacia el río.

S. lleva a cabo un rápido intercambio mental entre las ranas y sus muertos, que ya no se pueden contar con los dedos de la mano.

Todo lo que ha sucedido en el solar forma parte de su vida, a veces feliz y otras, mucho más numerosas, desgraciada, aunque siempre ha tenido relación con él. Ahora sabe con certeza que no podrá identificarse nunca con el nuevo edificio, incluso si lo intentara, incluso si al final le resultara estéticamente bello y fantaseara con el color blanco de un edificio funerario que lo estuviera llamando, el nuevo edificio forma ya parte de un imposible. ¿En qué momento la calle que lo separa del solar se convirtió en un foso?

L. se siente agotado, más allá del agotamiento, quizá. Agotado sin posibilidad de practicar el descanso.

No ha entendido nada de lo que ha escuchado durante la última hora y media a través de la pantalla del ordenador. Cada vez más a menudo, se está haciendo de noche en pleno día. No encuentra consuelo en palabra alguna, tampoco en nada de lo que ve, ¿y en lo que veía?

De nuevo, mirar por la ventana es el único movimiento posible.

Piensa que lleva mucho tiempo revelando el cristal de su ventana como si fuera el negativo de una vieja fotografía en la que él nunca ha estado realmente y en la que, aun sabiendo que no se encontrará, continuara buscándose.

Un niño pasea a un perro por la acera, frente a su edificio, cubierto con una mascarilla. Cuando levanta la vista hacia la ventana, L. lo saluda con la mano. El niño devuelve el saludo con naturalidad, como si se conocieran, aunque L. solo ha reconocido al perro, al que siempre ha visto pasear con un adulto.

Seguramente el niño ha mirado hacia la ventana porque le ha llamado la atención la escultura luminosa del alféizar y el hecho de que L. proteja su calvicie bajo un gorro de lana ligera, dentro de la casa.

El niño lo mira un instante con curiosidad y luego tira de la correa del perro que husmea en un alcorque para continuar su camino, y L. lo sigue con la vista, la cadena de acuerdos y desacuerdos que mantiene con el perro, hasta que entra en un portal al final de la calle.

L. contempla a los niños como si fueran la semilla de plantas desconocidas a las que le gustaría entender y ver fructificar en una conversación. Siempre espera de ellos algo y se da cuenta de que los niños también esperan algo de él, de su extrema timidez, que ante ellos se desenreda y da paso al arranque de una obra teatral que casi nunca sabe continuar. Y ensaya gestos, a veces desconcertantes, para despertar su interés. Ayer se habría quitado el gorro y lo habría lanzado al aire o habría dibujado con él una reverencia de mosquetero. Hoy se ha quedado quieto, con la taza de café en la mano. Aun así, sabe que volverá a esperar la aparición del niño, como un raro oxígeno que tuviera la capacidad de atravesar el cristal de la ventana, al igual que continúa acariciando la alianza del dedo anular como si de ella le llegara todavía un eco de la presencia perdida.

R. cambia la ventana de la pantalla del ordenador por la ventana que da a la avenida. Junto a la farola encendida, la mitad del arce brilla en rojo. El resto es oscuridad, salvo los faros de los últimos coches que aparcan en el vecindario.

Después de cerrar la tapa del ordenador como si fuera la cubierta de un libro, es hora de preparar la cena, de atender las voces de los niños que han respetado su conexión y la esperan con impaciencia. Pero las palabras de la conferenciante todavía resuenan en su cabeza: *solo en el día de ayer...* y las atroces imágenes.

No sabe cómo va a abrir la puerta de su estudio, atravesar el pasillo y entrar en la cocina cuando acaba de sobrevivir al viaje más largo de su vida: diez días a la deriva en un cayuco.

La conferenciante había presentado gráficos, había desplegado el problema demográfico con la asepsia propia de un cirujano y, aunque los datos eran peores de lo imaginado, todo se correspondía con lo esperado, con una misma naturaleza de preocupación, como una inquietud de fondo con la que convivía desde hacía mucho tiempo. Hasta que las corrientes marinas, las corrientes de los movimientos migratorios y los movimientos de las galaxias le parecieron idénticos, portar la misma clase de polvo, y de pronto, sin previo aviso, los rostros, las partículas de polvo trasformadas en el microscopio, los ojos aterrados de los supervivientes y los ojos cerrados de los muertos, habían hecho algo nuevo, se habían comportado de una manera diferente. O había sido ella.

Esta vez *todo* había ido demasiado lejos. Su capacidad para sentir lo que sus ojos veían.

R. abre la ventana para que entre el frío de la calle y la despierte de la pesadilla. Tan fácil como abrir una ventana, tan fácil como cerrarla, piensa, tan difícil como respirar cuando no hay aire.

D. apaga el ordenador y ve cómo se va haciendo la noche en la ventana de la pantalla por la que hace solo un momento entraba en el espacio de la felicidad.

Caminaba por los senderos del jardín de Z., acompañado por el maestro jardinero del templo. Gracias a los subtítulos volvía a recordar los principios que sustentaban el trazado del jardín, como cimientos vegetales, y sobre los que tanto había leído en sus libros.

Al llegar a un pequeño pino extendido como una mano abierta, el jardinero se detuvo para hablar con uno de sus pupilos que arrancaba con pinzas algunas de las agujas. De no llevarse a cabo esta delicada operación de cirugía, las ramas del pino producirían una sombra demasiado densa, una masa de oscuridad en la que no podría percibirse el complejo y delicado dibujo de la acícula. Y lo que esta parcela del jardín demandaba era una sutil celosía natural: la sombra perfecta del mundo armónico que era, en realidad, un interregno hecho de luz y de sombra.

En varios puntos del jardín, al disminuir la cascada de las sombras, la misma fuente de luz parecía tamizada, como si sobre la cima de los árboles más altos, la misma luz del sol tuviera que atravesar la delicada pantalla de una lámpara de papel de arroz.

Sobre el musgo, cerca de una de las paredes laterales del monasterio, había vislumbrado la gran piedra pulida de forma ovalada, atada con una cuerda.

Cerrada la ventana al jardín ideal, D. mira ahora por la ventana de la cocina de su casa hacia su pequeño huerto. Ahí está su piedra atada con cuerda. Él ha colocado en ella el peso de una mentira de su infancia que no encuentra reposo. Es la única inspiración que trajo del jardín de Z. a su parcela de tierra. Lo demás pertenecía a aquel lugar y a ningún otro.

D. mira al espantapájaros amistoso, tranquilo, que se ha hecho amigo de los pájaros, a los que debía ahuyentar y a los que parece haberse limitado a recibir en audiencia. Qué tenían que decir los pájaros, cuáles eran sus quejas.

Hermanas golondrinas –había dicho Francisco de Asís a las aves–, hermanas golondrinas, ya habéis hablado bastante, ahora guardad silencio y concentraos en la palabra de Dios que he venido a predicar.

Le parece que el espantapájaros no llega a pedir nada concreto a los gorriones, a las urracas o a los cuervos. Piensa que tenía que haberlo hecho más autoritario, que incluso habría tenido que vestirlo de otra manera, haberle dado un aspecto más contemporáneo. Seguramente los pájaros lo ven como una reliquia del pasado, incapaz de suscitar la menor idea de peligro, señales que, por otro lado, saben localizar y desencriptar en la cercanía de otros jardines, como los campos de minas de internet. Los pájaros modernos detectan el signo de otro tiempo, el sombrero de paja que, calado en la cabeza de palo del espantapájaros es, casi como el mismo espantapájaros, un anacronismo. Imagina al espantapájaros de cháchara con el jardinero del templo de Z., como si fueran viejos amigos que compartieran otra clase de semillas solo susceptibles de arraigar en un jardín alado.

Desde la ventana ligeramente empañada por el agua que ha empezado a hervir en el cazo, D. mira su huerto, entre cuyas hileras asoman algunas flores, y escucha el tintineo del instrumento de viento, fabricado con pequeños cilindros de madera que se golpean suavemente y traen hasta aquí una parcela del bosque remoto.

Luego, mira las hojas de repollo que esperan sobre la mesa y cree que han sido escritas con tinta invisible y que la escritura saldrá a la luz tan pronto como las sumerja en el agua.

Pliego la pantalla del ordenador sobre el teclado y miro hacia la ventana. La niebla oculta hasta las farolas de la calle y estas parecen cerillas prendidas en otra dimensión del espacio y el tiempo.

Intento pensar en el mundo en que vivo, como si fuera posible verlo de una sola vez, ayudada por esta momentánea ocultación, como si pudiera verlo mejor así, y encerrarlo en una sola frase: el mundo es una caja de cerillas mojada.

Y cuando todo está a punto de encajar, la frase certera en el sentimiento, como si de pronto viera mi dedo sobre la cabeza de una olvidada cerilla a punto de prender en el rascador de lija, recuerdo la infinita ilusión con la que en mi infancia abría las ventanitas de papel del calendario de Adviento, la sorpresa ante la imagen que aparecía, de una belleza siempre rebajada, un poco decepcionante con relación a las expectativas creadas, pero renovada inmediatamente después, convertida ya en la espera de la ventanita que se abriría al día siguiente, el deseo de abrirlas todas de golpe y el temor de que el calendario llegara a su fin.